在时间的核中

[墨西哥]卡柔·布拉乔 著
程弋洋 译

译林出版社

图书在版编目（CIP）数据

在时间的核中：汉西对照／（墨）卡柔·布拉乔著；程弋洋译．—南京：译林出版社，2019.9

（镜中丛书）

ISBN 978-7-5447-7885-5

Ⅰ.①在… Ⅱ.①卡… ②程… Ⅲ.①诗集－墨西哥－现代－汉、西 Ⅳ.①I731.25

中国版本图书馆 CIP 数据核字（2019）第 126773 号

著作权合同登记号　图字：10-2018-447号

在时间的核中　［墨西哥］卡柔·布拉乔／著　程弋洋／译

责任编辑　吴莹莹
装帧设计　韦　枫
校　　对　孙玉兰
责任印制　颜　亮

出版发行　译林出版社
地　　址　南京市湖南路 1 号 A 楼
邮　　箱　yilin@yilin.com
网　　址　www.yilin.com
市场热线　025-86633278
排　　版　南京展望文化发展有限公司
印　　刷　江苏凤凰新华印务有限公司
开　　本　890 毫米 ×1240 毫米　1/32
印　　张　7.5
插　　页　4
版　　次　2019 年 9 月第 1 版　2019 年 9 月第 1 次印刷
书　　号　ISBN 978-7-5447-7885-5
定　　价　58.00 元

“镜中丛书”总序

自2010年起，由我主持的“国际诗人在香港”项目，每年邀请一两位著名的国际诗人，分别与优秀的译者合作，除了举办诗歌工作坊、朗诵会等一系列诗歌活动，更重要的是，由香港牛津大学出版社出版双语对照诗集的丛书。到目前为止，已有九位应邀的国际诗人和译者合作出版了九本诗集，形成了一个小小的传统。这套丛书再从香港到内地，从繁体版到简体版，由译林出版社出版，取名为“镜中丛书”。按原出版时间顺序，包括谷川俊太郎、迈克·帕尔玛、德拉戈莫申科、盖瑞·施耐德、阿多尼斯、特朗斯特罗默、伊夫·博纳富瓦、卡柔·布拉乔和高桥睦郎的九本诗集。

与此并行的是“香港国际诗歌之夜”——自2009年起创办的香港国际诗歌节，每两年一届。这两个诗歌项目交织互补，为香港提供独特的文化平台，进一步形成汉语诗歌与国际诗歌的双重推动力。

这套丛书的设想基于以下考虑：首先，在国际诗人与汉语译者的文本互动之中，跨越语言的边界；其二，对多语种的译者提出挑战，为丰富现代汉语提供新的品质及方向；其三，在国际诗人、译者和读者之间，在文本对应与参照中，构成某种内在张力，激活一连串语言内外的连锁反应。

这套丛书首先面对的是院校外语专业的大学生，以及初学或精通外语的读者，当然也包括学者、译者和诗人同行。

“镜中丛书”是我和同行合作编辑出版的中英、中法等一系列双语对照诗集丛书的“兄弟姐妹”，共同组成了一个国际诗歌的“大家庭”。诗歌是人类精神家园的保证，也是一个民族苦难中的幸运。

北岛

2015年7月21日

卡柔·布拉齐

目录

选自《琥珀的意愿》(1998)

选自《那空间，那花园》(2003)

选自《这晦涩言语打开了它的雨林》(2005)

译者前言

1951年出生的卡柔·布拉乔是墨西哥当代最重要的女诗人，也是拉美新巴洛克诗歌的代表人物。拉丁美洲的巴洛克诗风由来已久，最远可以追溯到17世纪的西班牙巴洛克诗歌。曾经的殖民地在宗主国身后学步间，幻化出了自己的风采。但是拉美巴洛克诗歌不仅继承了西班牙语中的巴洛克诗歌传统，还借鉴了美国“语言派诗学”，单从诗歌声音和形式维度来考察，可能是后者的影响更甚。

古巴的何塞·莱萨马·利马是拉美新巴洛克诗歌的奠基人，也是对布拉乔诗歌创作影响最大的20世纪诗人。莱萨马本人因为同性恋倾向而被卡斯楚体系长期边缘化，他的诗歌也因其对句法和语词所指的颠覆性破坏，在汉语语境中未见译介。

作为莱萨马诗学理念的认同者和追随者，布拉乔的诗歌中，语法自己遁走，诗句由节奏和韵律来推动和构建。语词所指模糊，一望无际的su（西班牙语物主形容词），究竟是“他的”、“她的”、“它的”，抑或是“他们的”、“她们的”，还是“它们的”，令译者数夜难眠。

新巴洛克追求的是“语言的想象力”。自我指涉的梦游症、悖论式的可能性、封闭意义的多源性，都是新巴洛克诗歌的典型特征。新巴洛克诗歌将传统句法转变成一个饱含复杂性的游戏。诗人们认为“世界上不存在脱离语言的思考，只有在语言中，才能思考”。

布拉乔的诗歌，曾被早期评论家贴上“情色主义”的标签。但是，布拉乔的情色主义是“语言的过度丰盛”。甚至有评论家认为，她是年轻一代中唯一不情色的女诗人。对语言自身魅力的充分挖掘，对句法的毁灭性破坏，极度新颖的形式，让布拉乔的诗歌创作走出身体很远。

布拉乔继承了莱萨马诗歌语言的丰盛繁茂，在《润滑边缘之水》中依靠语言的韵律与内涵，同时赋予了水中生命以可视感和可触感。

> 水母繁生之水，
>
> 乳状之水，曲折之水，
>
> 润滑边缘之水；浓郁的玻璃——在欢愉的轮廓里

溶解。水——奢华之水
回转，消沉。

这首诗想要言说什么？只是对水的描述吗？还是对情色体验的隐喻？布拉乔享受着语言的力量与欢愉，来展示一个想象中的水之世界。诗歌语言不仅仅描述了水，它自身也成为水的一部分。覆盖全诗的 ua ua ua 语音，如水波声在耳边拂过。

布拉乔追求诗歌的内化，对生命和死亡之间的充满活力的对话兴致勃勃。废墟、夜晚和梦，是布拉乔诗歌意象的基本元素：

那是温柔骄纵的夜晚，它密实的心灵中
开凿着美玉。
庭院的流动
和虚掩处。夜色中美洲豹
穿梭的眼：
眨眼是梦，
再眨眼则是纯粹温柔歌唱的死亡。

布拉乔的诗歌受“失去”的意识驱赶，而体现出勃勃生机。“失去”以自传的形式，出现在《时间的轮廓》中。童年时期早逝的父亲成为该诗的主角：

父亲的目光和华彩中
包裹着琥珀的温暖
他走近。将我拥入怀中。
我们的身影在岸前倾斜。他放下我。
牵起我的手。伴随其中的，
沉默的欢愉，
晦涩的昏暗，
与充分的燃烧。

而长诗《那空间，那花园》更是直接献给了父亲，逝者们在诗中陆续登场。对人类存在脆弱性的迷恋，是西班牙黄金世纪巴洛克诗歌的突出特点。克维多在诗中一再吟唱“诞生之刻我们便开始死亡”、“我们是死亡的永恒组成”。

因为死亡，已经嵌入在生命旋转的
心灵中，
它的顶点。生命因死亡而开始，并在死亡中
开拓出新的领土。
……

在庭院的边缘，
在柠檬树的寂静下，
死亡温柔地吟唱。
以母亲般的灼热唱给
那正在倾听的人。

作为一名拉丁美洲诗人，对于自己脚下土地的眷恋、欣赏和承诺，同样流淌在布拉乔笔下。《印第安话语》是对土著语言的认同和惋惜。拉美大陆所特有的植物九重葛、凤凰木一再于诗中现身。印第安神兽美洲豹更在长诗的夜色和寰宇中穿梭，是一个游走在生命和死亡中的暧昧意象。

最新出版的《如果皇帝笑了》更突显了布拉乔的日益内化，探寻人类灵魂深处的双重性与不断裂变：

熊来到集市
在这里端详我们，我们想要驾驭
和观察它的举动：不安而粗壮的双爪
挥舞在玻璃间。

这头端详着我们的熊，张牙舞爪的熊，正是另一个需要我们驾驭和引导的自我：

或许在镜头翻转处，

我们看到了走钢索者面前平静的光。因为他

我们犹豫。因为他我们松开了手中的纤细长竿。

我们感受到了时间，在他身上

摇摆。

而钢索游走者投射的，正是日日在不同自我间摇摆和抉择的人类。我们在钢索上，在可能跌落的威胁中，经受着心灵的磨难。人类的复杂性，既给了生命以丰盛，也是无数痛苦烦扰的源头。

能够编译这本西班牙语和汉语双语的卡柔·布拉乔是我的荣幸，也是件既充满诗意和乐趣又具挑战性和难度的工作。在此特别感谢策划人北岛老师的信任与委托。其次要感谢布拉乔本人在选诗、翻译和定稿过程中的积极配合和帮助。还想感谢本年度墨西哥国立自治大学客座北大的陶洛安教授，在原文的进入和把握上，对我的耐心引导。最后要感谢诗友王一，在译文意象和语感的把握上，陪我推敲和探讨，贡献良多。

在时间的核中

卡柔· 布拉乔诗选

PECES DE PIEL FUGAZ
(1977)

《暂栖之肤的鱼》

(1977)

DE SUS OJOS ORNADOS DE ARENAS VÍTREAS

Desde la exhalación de estos peces de mármol,
desde la suavidad sedosa
de sus cantos,
de sus ojos ornados
de arenas vítreas,
la quietud de los templos y los jardines

(en sus sombras de acanto, en las piedras
que tocan y reblandecen)

    han abierto sus lechos,
    han fundado sus cauces
    bajo las hojas tibias de los almendros.

Dicen del tacto
de sus destellos,
de los juegos tranquilos que deslizan al borde,
a la orilla lenta de los ocasos.
De sus labios de hielo.

它们华丽水晶沙滩的眼睛

从这些大理石鱼的呼吸,
从它们光滑丝绸
的歌曲,
从它们华丽水晶沙滩
的眼睛,
沉静的花园和庙宇

(在它们爵床叶的阴影中, 在页岩里
它们轻触, 软化)

　　在杏树的嫩芽之下
　　它们曾打开床铺,
　　疏通水渠。

它们诉说它们的触觉
在闪耀,
安静的游戏行进到了尾声,
落日慵懒的圆晕。
它们冷漠的嘴唇。

Ojos de piedras finas.

De la espuma que arrojan, del aroma que vierten

(En los atrios: las velas, los amarantos.)
sobre el ara levísima de las siembras.

(Desde el templo:
el perfume de las espigas,
las escamas,
los ciervos. Dicen de sus reflejos.)

En las noches,
el mármol frágil de su silencio,
el preciado tatuaje, los trazos limpios

(han ahogado la luz
a la orilla; en la arena)

sobre la imagen tersa,
sobre la ofrenda inmóvil
de las praderas.

宝石眼睛。

它们吹出的泡沫，它们释放的芬芳

(在天井中：蜡烛，不凋花。)
在套种的田野里越过脆弱的祭坛。

(从神庙：
扑面的香气，
天平，
鹿。诉说它们陡峭的倒影。)

在夜晚，
沉默不语的纤美大理石，
珍视的图腾，古朴的轮廓

(它们曾浸透了光
在海滨，在沙滩)

超越了那草地的
清澈形象，
和它的恒长天资。

TOCAN LOS VITRALES OCULTOS

Los grillos (las termitas escubren
su discurso escarlata) cimbran por sus nombres los frutos,
los helechos. Tocan los vitrales ocultos
(las termitas recorren en silencio los ecos)
por el vaho vigilante,
la valla,
de altas noches en calma.

它们触碰了秘密的彩色玻璃

蟋蟀们（白蚁们减弱了
它们猩红色的争论）果实因它们颤抖的名字而摇荡，
羊齿苋也是。它们触碰了秘密的彩色玻璃
（白蚁们在静谧中传播回声）
在垂直的，
高度平静的夜晚，
在薄暮的警觉中。

EL SER QUE VA A MORIR
(1981)

《向死的存在》

(1981)

ME REFRACTA A TU VIDA COMO A UN ENIGMA

Como un espejo translúcido
el profundo remanso abierto entre la sombra; lo convexo
a esta sed
de lo que bebo, que palpo como a una esfera en el
recinto inextricable,
bajo el destello líquido. Voz

—De entre la danza y el ardor vesperal
Canto sutilísimo   Entre el verde de estupor, de placer
—Lo que se enciende en la amplitud alta enlaza
en una manera nítida. —Lo que lo cimbra
El viento

y el vellón cenital entre las cuerdas del arpa eolia.
El eucalipto cristalino. Savia
en que se cifra
La calma
y la actitud del agua

我穿行的你的生命如谜

如同穿行透明的镜子
身影背后是无限延伸的旋涡，边界处
有一个球体无法逃避，
我想触摸的，我想向背后延伸的
　　渴望
潜入到闪光的液体的下面。声音

——从舞蹈与傍晚的狂热中
最温柔的歌声　　在恍惚与欢快的绿色之间——
　　——在激烈的变化中，什么点燃了它
生动的融合。——什么推动了它
风

以及风弦琴上缠绕的精致的琴弦。
水晶的桉树。平静中的生气
水的性情
被编成了
密码

De lo que bebo, que aprehendo como un reflejo de ese contacto inexpugnable; la claridad de su raigambre en lo nocturno luminoso, de su bóveda.

Lleno, hondo acorde transparente sobre los bosques como
un bramido.

En la oquedad continua del caracol; contra el cristal
plomizo
—Tañen

las lajas de ébano
ante la hoguera que refleja
los ocres
circulares del canto; el trance—El talismán sentido bajo
esas termas, ante esa luz—

Entre los bosques de abedules,
como una flama.

(—Los niños trazan su aullido líquido en las cortezas,
como un espectro vegetal)

我所啜饮的，我在神秘的触摸中
所领悟到的；在它的穹顶上，在如此夜光中
根深蒂固的澄澈

像吼叫声
完美，透彻地穿过整片森林。

贝壳中不断变化的洞穴；拥挤着带铅的
　　水晶
——它们奋力敲打

墨色石板上
反射的火焰
回旋着
赭色的歌；在温泉下，护身符感觉到的——恍惚
　　对立着光——

在白桦林里，
仿佛火焰。

(——孩子们在犬吠中追踪流动的叫声，
如同追踪植物的幽灵)

—Las llamas liban de la noche, de sus raíces
extendidas. —Su fluida
redondez, su acaecer—De lo que bebo, que palpo

——在这夜晚，在它漫长的根须中，火焰

　　去舔——它的液体

我所啜饮的，我所触摸的——球体，正在形成

AGUA DE BORDES LÚBRICOS

Agua de medusas,
agua láctea, sinuosa,
agua de bordes lúbricos; espesura vidriante—Delicuescencia
entre contornos deleitosos. Agua—agua suntuosa
de involución, de languidez

en densidades plácidas. Agua,
agua sedosa y plúmbea en opacidad, en peso—
    Mercurial; agua en vilo, agua lenta. El alga
acuática de los brillos—En las ubres del gozo. El
    alga, el hálito de su cima;

—sobre el silencio arqueante, sobre los istmos
del basalto; el alga, el hábito de su roce,
su deslizarse. Agua luz, agua pez; el aura, el ágata,
sus desbordes luminosos; Fuego rastreante el alce

huidizo—Entre la ceiba, entre el cardumen; llama
pulsante;
agua lince, agua sargo (El jaspe súbito). Lumbre

润滑边缘之水

水母繁生之水，
乳状之水，曲折之水，
润滑边缘之水；浓郁的玻璃——在欢愉的轮廓里
溶解。水——奢华之水
回转，消沉。

在浓密的平静中。水，
丝绸之水，与沉重暗淡的铅——水银；
　　悬空之水，迟缓之水。闪亮的
水藻——欢乐的牛乳之哺。海藻，
　　山峰上的生命之息；

——弯曲寂静之上，玄武岩的
地峡之上；海藻，风化之息，
滑行。水之光，水中鱼；圣者的光环，玛瑙，
边缘断裂之光；追踪逃逸的麋鹿

之火焰——木棉间，鱼群中；火花
跃动；
猞猁之水，棘鳍之水（波动闪耀的大理石斑纹）。水

entre medusas.

—Orla abierta, labiada; aura de bordes lúbricos,
su lisura acunante, su eflorescerse al anidar; anfibia,
lábil—Agua, agua sedosa
en imantación; en ristre. Agua en vilo, agua lenta—
El alumbrar lascivo

en lo vadeante oleoso,
sobre los vuelcos de basalto.—Reptar del ópalo entre
la luz,
entre la llama interna. —Agua
de medusas.
Agua blanda, lustrosa;
agua sin huella; densa,
mercurial
su blancura acerada, su dilución en alzamientos
de grafito,
en despuntar de lisa; hurtante, suave. —Agua viva

su vientre sobre el testuz, volcado sol de bronce
envolviendo
—agua blenda, brotante. Agua de medusas, agua
táctil

母间的光体。

——张开的唇形边饰；润滑边缘的圣者光环，

光滑的摇摆，风化的巢穴，迟缓之水——淫荡

　　之光

磁化；甲胄之上。悬空之水，迟缓之水——淫靡的

　　光亮

油滑的路口，

穿越玄武岩的缺陷。——穿过光线滑动的猫眼石

穿过内燃的火焰。——水母繁生

之水。

柔顺之水，光亮之水；

无痕之水；浓稠，

水银

　　坚硬的白，溶解在汹涌的石墨

和活跃的鲻鱼中；温柔，躲闪。——灵动之水

倾翻古铜色的阳光，前额下屈，贴上腹腔

——褐色闪耀之水，涌动之水。水母繁生之水，

　　触觉之水

fundiéndose

en lo añil untuoso, en su panal reverberante. Agua

amianto, ulva

El bagre en lo mullido

—libando; en el humor nutricio, entre su néctar

delicado; el áureo

embalse, el limbo, lo transluce. Agua leve, aura

adentro el ámbar

—el luminar ungido, esbelto; el tigre, su pleamar

bajo la sombra vidriada. Agua linde, agua anguila

lamiendo su perfil,

su transmigrar nocturno

—Entre las sedas matriciales; entre la salvia. —Agua

entre merluzas. Agua grávida (—El calmo goce

tibio; su irisable)—Agua

sus bordes

—Su lisura mutante, su embeleñarse

entre lo núbil

cadencioso. Agua,

agua sedosa de involución, de languidez

en densidades plácidas. Agua, agua;   Su roce

溶解在

油质靛蓝和回声蜂巢之中。石棉之水，石莼之水

淤泥中的鲶鱼

——吮吸；在牛乳中，在甘甜美酒间；光环环绕的

水塘与净界显露。稀薄之水，光环闪耀的琥珀

——纤细、神圣、润滑的华彩；虎，釉彩下的

满潮。水之地界，水中鳗鱼追逐舔舐

　　自己的轮廓，

夜色中的轮回

——在子宫护膜中；在鼠尾草间。——水

在鳕鱼中。负重之水（——虹状；

平静的欢愉）——水

它的边缘

——它移动的光滑，迷醉在

音韵起伏的

适育年华。水，

丝绸之水回转，消沉

在浓密的平静中。水，水； 它的爱抚

—Agua nutria, agua pez. Agua

de medusas,

agua láctea, sinuosa; Agua,

——滋养之水，水中游鱼。水母繁生

之水，

乳状之水，曲折之水；水，

POBLACIONES LEJANAS

Sus relieves candentes, sus pasajes, son un salmo
luctuoso y monocorde;
los niños corren y gritan,
como pequeños lapsos, en un eterno, enmudecido
sepia demente. Hay ciudades, también,
que dulcifican la luz del sol:
En sus espejos de oro crepuscular las aguas abren y
encienden
cercos de aromas y caricias rituales; en sus baños:
las risas, las paredes reverdecientes
—Sus templos beben del mar.

Vagos lindes desiertos (Las caravanas, los vendavales,
las noches combas y despobladas, las tardes
lentas,
son arenas franqueables que las separan) mirajes,
ecos que las enturbian,
que las empalman;
un gusto líquido a sal en las furtivas comisuras;
Y esta evocada resonancia.

遥远的城市

它炽热的地貌，它的旅程
是一首悲伤而又单调的圣歌；
如同一只巨大无边的乌贼，疯癫并且沉默
孩子们跑着喊着
穿梭其中。
它也是拥有甜美阳光的城市；
在它金色黄昏的镜中，大海张开
　　并点燃了
金合欢花环和仪式中的爱抚；在它的浴缸中：
欢笑、绿色的高墙；
——啜饮汪洋的庙宇。

动人的荒芜地界（在散沙中飘荡的篷车，
　　疾风，荒蛮号叫的夜晚，
迟缓的午后）幻象，搅乱一切的
　　隐约声响，
将它们捆绑在一起；
在隐秘角落里流动着嗜盐的液体；
以及，这被触动的回声。

LOS RÍOS ENCRESPAN UN FOLLAJE DE CALMA

Tu voz (en tu cuerpo los ríos encrespan
un follaje de calma; aguas graves y cadenciosas).

—Desde esta puerta, los goces, sus umbrales;
desde este cerco, se transfiguran—

En tus bosques de arena líquida,
de jade pálido y denso (agua profunda, hendida;
esta puerta labrada en las naves del alba). Me entorno a tu
vertiente—Agua
que se adhiere a la luz (en tu cuerpo los ríos se funden, solidifican
entre las ceibas salitrosas. Llama—puerta de visos ígneos—
que me circundas y trasudas: sobre este vidrio, bajo estos valles esponjados, entre esta manta, esta piel

河流搅动安静的树叶

你的声音（你身体里的河流
搅动着安静的树叶；暗潮汹涌的海）。

——从这扇门，欢乐，它们的门槛；
从这铃声，它们变换形象——

在你流沙的森林中，
浓郁苍白的翡翠（深海，裂开；
这扇通向黎明之堂的大门）。我惶恐不安
在你的奔流中——水
涌向光芒（你身体里的河流，与氮，与木棉树融合
结晶。火焰——闪耀的大门——
在光彩之上，在凹陷的洞穴中，在肉体与覆盖物之间
　　你旋转我，你迫使我

UNA LUCIÉRNAGA BAJO LA LENGUA

Te amo desde el sabor inquieto de la fermentación;
en la pulpa festiva. Insectos frescos, azules.
En el zumo reciente, vidriado y dúctil.
Grito que destila la luz:
por las grietas frutales;
bajo el agua musgosa que se adhiere a las sombras. Las
papilas, las grutas.
En las tintas herbáceas, instilantes. Desde el tacto azorado.
Brillo
que rezuma, agridulce: de los goces feraces,
de los juegos hendidos por la palpitación.
Gozne
(Envuelto por el aura nocturna, por los ruidos
violáceos, acendrados, el niño, con la base mullida
de su lengua expectante, toca,
desde esa tersa, insostenible, lubricidad—lirio
sensitivo que se pliega a las rocas
si presiente el estigma, el ardor de la luz—la
sustancia, la arista
vibrante y fina—en su pétalo absorto, distendido—[joya

舌下萤火虫

在极乐的泥髓中；

在发酵不安的气息中，我爱着你。初生的、蓝血的昆虫。

在初榨、纤弱、柔软的果汁中，

在黏附着阴影长满苔藓的水下，

穿过果树的缝隙，

那些过滤了阳光的呼喊。那些

　　乳头，那些洞穴。

那些点滴渗透的草木染料。从惶惑的触感里。

　　漏出

酸甜的光泽：从肥沃的欢愉中，

从因为搏动而打破的游戏中。

　　　　铰合。

(被夜的灵晕，被紫色的喧嚣所包裹的

　　孩子，经受磨炼，凭借他备受期许的舌头下

　　松动的根，触摸，

从那明快的，无以为继的，滑润中——敏感的百合花

　　折入山岩。

如果它感觉到这种烙印，光的灼热——物质，颤抖

　　并且精美的

棱角。——在它入神而膨胀的花瓣中——[珍宝

que palpita entreabierta; ubres], el ácido
zumo blando [hielo], el marisma,
la savia tierna [cábala], el néctar
de la luciérnaga.)

跳动着；乳房]，酸涩的

松软饮料［冰]，海滨沼泽，

可口的树液［神秘哲学]，萤火虫的

美酒。)

TIERRA DE ENTRAÑA ARDIENTE
(1992)

《燃烧的大地之核》
（1992）

EN LA ENTRAÑA DEL TIEMPO

El tiempo cede
y entreabre
su delicada profundidad. (Puertas
que unas a otras se protegen; que unas en otras entran;
    huellas,
rastros de mar.) Un otoño
de leños y hojarascas. En su fondo:
La espesura translúcida del placer; sus hiedras íntimas:
Oro:
foliaciones de luz: Fuego que enraiza en el metal florecido,
y un musgo fino,
incandescente.

在时间的核中

时间，永远
温柔而赤裸
在它纤细微妙的深处。（门
守护着门；它们彼此敞开；
　　道路，
大海的踪迹。）秋天
堆积的落叶与木头。在它的核心：
错综而澄澈的欢愉；热烈缠绕的常春藤；
金子：
光的叶序：金属中萌生的火焰，
以及柔和的苔藓中的
炽热。

EL DELEITE DE LAS FORMAS

Danza gozosa. Grito
de la sombra en la luz.
Noche que vuelca su estridencia animal
en la alegría de la mañana.
En ella se ramifica;
en ella estalla y se entrelaza. En su orilla clarísima
florece. Es el deleite de las formas
en su escarpada contigüidad, en su abismada
cercanía. Los ríos se traban, sin fundirse,
en una oscura fulguración, en una flama
arborescente. Fauna
que entre las llamas se desliza.
Es el placer de los contrarios su desbandada cavilación,
su selva henchida
y resonante.

形式的快感

欢快的舞蹈。阳光中
阴影的呐喊。
在清晨的欢乐中
夜倾注出它不和谐的粗粝。
在清晨分叉，
爆发又交织。在清朗的晨风中
盛开。那是在陡峭的相连
和茫然的临近中，
关于形式的快感。在幽暗的闪电中，
在树状散开的光芒中，河流被羁绊，
无法融合。动物群
在火焰中流动。
这溃散的思考正是对立的快感，
它餍足而又
共鸣着的雨林。

HONDOS PALACIOS

Y no me puedo detener
por andar y ver muchas islas
—Cristóbal Colón

Y cuando llegué al abismal
fondo del lago
vi que habían otros lagos,
otros fondos,
y no me era posible mirarlos todos,
tantas eran sus luces y sus prados, tantos
sus muy diversos cantos
de sus fuentes y pájaros.

—Hay jardines ahí sutilísimos,
y profundos palacios que despliegan su luz.

Sus muros son de alabastro. Sus pisos de ópalo.

Están escarbados en montañas espesas
que alumbran todo, como soles.

幽深的宫殿

因为看到和行走在诸多岛屿之上

我已不能止步

——克里斯托夫·哥伦布

当我抵达
湖泊幽深处
看到还有其他的湖泊，
其他的幽深处，
阅尽湖泊幽深非我所及，
它们阳光拂煦它们小径分岔，
它们音韵缭绕在
清泉和禽鸟之侧。

——那里有极精致的庭院
和幽深的宫殿，阳光在彼处舒展。

石膏为墙。宝石覆地。

它们在崇山峻岭间巍然矗立
如同太阳，照耀一切。

Guían hacia ellos senderos que hablan a quien los sigue,
y sus voces son dulces y melodiosas.

Entre las piedras las flores crecen sin raíz.
—Son todas ellas piedras preciosas y finísimas.

Los árboles son estrechos y muy delicados, como filigranas.
Son abundantes y cristalinos, crecen muy poco, pero florecen
y constantemente cintilan.

Son parajes de sueño o de encantamiento
porque en ellos no parece haber tierra,
tan delicada es y refulgente.

El aire lo cubre todo y es como el agua,
aunque muy ligero. Su aroma es embriagador.
Es radiante y refresca y toma aquello
que quiere llevar de un lugar a otro
con deslumbrante delicadeza. Parece siempre
estar cantando. Su armonía es silenciosa
pero en todo penetra. Todo parece elevarse con ese
modo de canto
y de resplandor.

通向宫殿的小径,
用甜美悦耳的声音指引路人。

岩石精美珍贵。
——石间之花无根生长着。

林间树木消瘦娇嫩，仿若金银丝细工制成。
它们繁茂清新，生长缓慢，却鲜花盛开
华彩不灭。

那是令人欢欣的梦想之地
置身其间可以忘却我们在大地之上,
即便这土地精美而闪亮。

空气轻盈，如水般
覆盖一切。它的芬芳令人陶醉。
它神采奕奕又清新可人
怀着无尽温婉从一处
抵达另一处。空气似乎总是
在歌唱。它的存在是安静而又
无处不在的和谐。一切似乎因那歌唱
与光彩而升华。

LA VOLUNTAD DEL ÁMRBAR
(1998)

《琥珀的意愿》

(1998)

LA PENUMBRA DEL CUARTO

Entra el lenguaje.

Los dos se acercan a los mismos objetos. Los tocan
del mismo modo. Los apilan igual. Dejan e ignoran
las mismas cosas.

Cuando se enfrentan, saben que son el límite
uno del otro.

Son creador y criatura.
Son imagen,
modelo,
uno del otro.

Los dos comparten la penumbra del cuarto.
Ahí perciben poco: lo utilizable
y lo que el otro permite ver. Ambos se evaden
y se ocultan.

房屋的阴影

语言进入。

双方接近同样的物品。他们以同样的方式
触碰它们。把这些东西堆得一样高。同样的事物
任其坠落，被他们抛开。

当他们相遇时，他们知道
他们是彼此的极限。

他们是创造者，也是被创造者。
他们是彼此的
肖像
与模型。

双方共享房屋的阴影。
在那里，能感知的很少：有用的
以及一方允许另一方看到的。他们都在逃避
都在躲藏。

DESDE ESTA LUZ

Desde esta luz en que incide, con delicada
flama,
la eternidad. Desde este jardín atento,
desde esta sombra.
Abre su umbral al tiempo,
y en él se imantan
los objetos.
Se ahondan en él,
y él los sostiene y los ofrece así:
claros, rotundos,
generosos. Frescos y llenos de su alegre volumen,
de su esplendor festivo,
de su hondura estelar.
Sólidos y distintos
alían su espacio
y su momento, su huerto exacto
para ser sentidos. Como piedras precisas
en un jardín. Como lapsos trazados
sobre un templo.

从这束光

从这束光，从这纤弱的
火焰中。永恒
闪烁。从这不眠的花园，
从这阴影。
打开通向时间的门槛
事物被磁化
它们浸入时间的深渊
被它滋养：
清澈，浑圆，
慷慨。它们为饱满的欢愉，
为节日的盛况，
为深远的星空，
所充盈，所涤荡。
坚固而独特，
它们的空间
它们熔化的时刻，它们感觉中的
丰沛果园。如同花园中
散落的石头。如同庙宇里不断涌现的
顿悟的瞬间。

Una puerta, una silla,
el mar.
La blancura profunda,
desfasada
del muro. Las líneas breves
que lo centran.
Deja el tamarindo un fulgor
entre la noche espesa.
Suelta el cántaro el ruido
solar del agua.
Y la firme tibieza de sus manos; deja la noche densa,
la noche vasta y desbordada sobre el hondo caudal,
su entrañable
tibieza.

门，椅子，

大海。

墙壁上无限变化的

白。交织在

这简洁的线条中。

罗望子树在浓重的夜色里

散发着光芒。

从花瓶中溢出水的

太阳之声。

以及那些手心里坚定的温暖；那些浓密的

黑夜所放弃的

比夜的深沉更广阔无边的，

它的亲密的

温暖。

EN LOS VALLES DESPIERTOS

Tus caricias,
sus caudales desatan esta flama, este viento,
abren con sus luces los campos, los despliegan,
los bañan. Las aves rompen el vuelo.
Sus alas, claros cristales,
sus picos suaves y finos, rasgan y dibujan
—en la yerba; en los valles despiertos
que recorren y habitan—paisajes ígneos,
higueras, flores de savias vivas y luminosas,
páramos,
brotes de arena espesa, yermos que la sed,
lenta noche de sal, que el deseo
regeneran:
Los ciervos cruzan por los linderos.

在苏醒的山谷

你的爱抚，
它们丰满而自由的火焰，这风，
在光芒中释放自己，
冲洗自己。鸟儿停止飞行
它们的翅膀，晶莹剔透，
它们的嘴，光滑灵巧，它们啄，它们翻
——在草地上；在苏醒的山谷里
它们栖息，它们繁衍——火的旅行
无花果树，绚丽的花瓣，饱满的汁液
荒野，
沙土中丛生的嫩芽，沙漠干渴，
盐中的漫漫长夜，欲望
重生：
群鹿跑过山谷。

MARIPOSA

Como una moneda girando

bajo el hilo de sol

cruza la mariposa encendida

ante la flor de albahaca.

蝴蝶

罗勒花前

蝴蝶燃烧着

如同旋转的硬币

穿过阳光。

LA BRISA

La brisa toca con sus yemas
el suave envés de las hojas. Brillan
y giran levemente.
Las sobresalta y alza
con un suspiro, con otro. Las pone alerta.

Como los dedos sensitivos de un ciego
hurgan entre el viento las hojas;
buscan y descifran sus bordes,
sus relieves de oleaje, su espesor.
Cimbran
sus fluidas teclas silenciosas.

微风

微风用它的指尖触摸
叶子柔软的背。它们闪烁
并且温柔地颤动。
它们受到惊吓，向上抬起
一次，又一次的呼吸。叶子醒来了。

它们随意地弹奏着风，
如同盲人敏感的手指；
摸索着辨识它的边缘，
它起伏的外形，它的厚度。
它们浮动着，
这些流畅而无声的琴键。

IMAGEN AL AMANECER

El agua del aspersor cubría la escena
como una niebla,
como una flama blanquísima, dueña
de sí misma, de su brotar cambiante, de su pulso
ritual
y cadencioso.
Un poco más allá y más allá hasta
tocar las rocas. Lienzos de sol
entre la cauda humeante; lluvia de cuarzo; interno
oleaje
silencioso. Un mismo
denso
movimiento lo centra; lo ahonda
en su asombrado corazón. Profundo, colmado
vórtice.
Renace, tenue, su palpitar. Marmóreo y lento
borbollón luminoso.
Un poco más allá, más allá, su tacto límpido
se estremece. Son remanso
las rocas

黎明晨景

喷水器喷出的水笼罩着眼前的风景
如同晨雾,
如同白色火焰，它的女人
它潮涌的欲望，日复一日
跳动的脉搏。
更多些，更多些，直至
抵达岩石。迷雾边缘处
太阳的碎片；石英之雨；内在
沉寂的
波涛。这围绕自身的
稳定的运动；将它沉淀到
惊叹的内心中。深沉、细腻的
旋涡。
它重新开始，喷射，搏动。冰冷而迟缓,
沸腾的欢愉。
更多些，更多些，直至它平静的抚摸
颤抖起来。岩石
如同群星

a su enjambre estelar, a su incesante,
encendida nieve. Por un momento se cubre
con su seda el jardín. Suavemente
los troncos ceden
y van tendiéndose sobre el pasto;
largas sendas oscuras bajo el tamiz
que inunda el amanecer. Cuando su lluvia
se ha expandido hacia el este
pesan menos las sombras
y los troncos se adensan y se levantan.
Vuelve entonces el arco
a resplandecer. Una llama reciente nubla la escena,
un olor de magnolias
y rocas húmedas.

如同不断燃烧的雪

慢慢变化。很快,

这些丝线已漫过庭院。树枝

顺从地屈身，覆盖在草地上；

曙光穿过，涌向

漫长漆黑的小径。当这晨雨

开始向东方蔓延

影子变得稀疏

树干坚硬而勃发

虹桥复现

光彩。初生的火焰充盈在这风景中,

在这芬芳的木兰

和潮湿的石头中。

EL HIPOTÉTICO ESPECTADOR

El hipotético espectador
es complaciente.
Toma, entre dos dedos largos, los argumentos.
Como frutas redondas y luminosas los va ensartando,
uno tras otro,
con ostensiva delicadeza.

Palpa
y escucha.

Todo comienza de nuevo, y el hipotético
espectador vuelve a sentarse.
Vuelven los argumentos, más depurados, más escuetos.
Mira, toca, selecciona otra vez.

Ciñe detalles con dedos cómplices.

De pronto, sin transición,
se hunde en los tonos.
Sigue -ajeno- los gestos,

假想观众

假想观众

是令人欢喜的。

他将情节放置在修长的两指间。

用他夸耀的技艺,

将一个又一个

浑圆、明亮的果实串联。

弹奏它们

并且倾听。

一切从头开始。假想观众

又重新落座。

情节重现，更趋完美与精炼。

他观看，触摸，再次选择。

共谋的手指凭细节缠绕。

突然，毫无过渡,

乐调将观众淹没。

他依然疏离在

la actitud del que narra. Se ha esquinado
en el juego.

—El narrador lo siente y se incomoda—

Ve desde lejos sus cejas, su pulcritud
enfática, su boca lenta y callada,
como de pez.

Un desconsuelo mercurial se escabulle
entre las aguas quietas.
Un recelo de nutria,
de roedor;
su brillo alcanza
a tocar las frutas.

Vuelve todo a empezar.
Cambian nuevamente de escena
y de espectador.
Entra. Se sienta.

叙事者的态度与表情外。陷入
游戏的窘境中。

——叙事者感知到他的窘迫，开始不安——

从远处注视着观众的眉毛，他卓然的
优雅，如鱼嘴般
迟缓静默的口。

墨丘利神的痛苦
裸露在静水间。
水獭的忧虑，
折磨人心；它的光辉
伸向果实。

一切重新上演。
舞台与观众
皆已调换。
入场。落座。

PIEDRA EN LA ARENA

Juegan los dos con una piedra
que emana luz. Acarician
su tersura,
su densidad sobre la arena blanca. La contemplan,
la cubren. La hacen que gire con suavidad.
De pronto, uno de los dos la arrebata
y la arroja.
Los dos la buscan.
Esa inquietud gozosa
con que ahora nuevamente la miran
vuelve a romperse. Hay que buscarla otra vez.
El que la avienta
la acoge siempre
con grandes voces. El otro
empieza a mirarla ya
como si no existiera.

沙中之石

两个人把玩一块
发光的石头。抚摸
它的光洁，
和它在白沙上的沉重。他们欣赏石头，
呵护石头。让石头温柔地旋转。
毫无征兆，两人中的一个抢过石头
并将它扔了出去。
两人一起去寻找。
带着欢愉的不安
再次看见它，又再次
将它扔掉。他们不得不再次去找寻。
那个扔掉石头的人
总是大嗓门地
欢迎石头回来。另一个人
则开始以似乎它已不存在的方式
凝视石头。

LUZ DERRAMADA SOBRE UN ESTANQUE DE ALABASTRO

Una pequeña piedra transparente
y en ella,
la deslumbrada alegría del sol.
Eres el canto del agua
y entre sus hebras, el canto fresco
de la alondra, el viento suave
al amanecer. Luz derramada
sobre un estanque de alabastro.
Sobre sus aguas:
el azahar
y el jazmín.

雪白池塘上挥洒的光

透明的石头,

其中

是太阳令人目眩的欢乐。

你是水的曲调

而它的纤维间，有云雀的

清歌，清晨的

微风。光挥洒在

雪白池塘之上。

在它的水上：

柠檬花和

茉莉。

LA VOZ INDIGENA

Es un dolor

de voz que se apaga. De voz eterna

y profunda

que así se apaga. Que así se apaga

para nosotros.

印第安话语

被关闭

是话语的伤痛。关闭的

是永恒

而又深远的话语。就这样

话语为我们所关闭。

HILO EN UNA TELA DE ARAÑA

Un arroyo imantado por la brisa y la luz,
un transcurrir cobrizo es el hilo que fluye
en la tela de araña. Charcos de plata cambian
de unas hojas a otras, de unas huellas
a otras sobre la tierra blanda. Te veo cruzar
entre dos líneas. Lo amo,
digo.
Entre dos ramas del azar
fluye el arroyo,
su hilo hechizado por el mar de la luz,
por el licor
de su corriente. Es el agua que embriaga
el atardecer. Es el fuego que fluye
sin cesar hacia el este.   Bajo su fiel
solar
te pienso.

蛛网之丝

微风与阳光赋予江河魔力,
古铜色的过往是流动的丝线
在蛛网之上。银色海洋
起舞于叶与叶之间，在柔软的土地上
留下横斜的影迹。我看到你穿插
于双线间。我说,
我爱这一切。
在命运的双线间
流动着江河,
细流被光的海洋,
被潺潺烈酒
施以魔法。这是令黄昏迷醉的
水流。这是永向东方流动的
火焰。　在它诚挚的
阳光下
我思念你。

COMO UN ACUARIO

La luz de la tarde escoge algunas plantas
y en algunas de sus hojas penetra.

Como un acuario encendido por sus peces;
como un fluir
de la noche
entre rastros de estrellas,
transcurre
en su quietud
la maleza.

如同一个鱼缸

黄昏抚摸着植物
浸入枝叶之间。

沉稳
摇曳的
荆棘,
如同一个被鱼儿点亮的鱼缸；
如同在星光闪耀间
流动的
夜色。

UNA AVISPA SOBRE EL AGUA

La superficie del agua es tensa
para una avispa,
es un sendero múltiple fluyendo siempre
como el tacto del tiempo
sobre la hondura quieta
de un corto espacio.

Corto es el tiempo
en que flota; corta
la distancia en que gira
por incesantes laberintos,
remolinos inciertos, llamas,
y transparencia
inextricable.

水上黄蜂

对于一只黄蜂来说
水的面积是不足的,
那是一条总是多向流动的小径
如同时间的触觉
位于狭小空间
宁静的深度之上。

短促的
是漂浮其中的时间；短促的
是无尽迷宫,
模糊旋风,
火焰,
和难解的透彻中
转动的距离。

ESTO QUE VES AQUÍ NO ES

Esto que ves aquí no es.
Alguien te oculta una pieza.
Es el fragmento
que da el sentido. Es la palabra
que altera el orden
del furtivo universo. El eje
oculto
sobre el que gira. Este recuerdo
que articulas
no es. Falta el espacio
que ajusta
el caos.
Alguien jala los hilos. Alguien
te incita a actuar. Cambia los escenarios,
los reacomoda. Sustrae objetos.
Cruzas de nuevo
el laberinto a oscuras. El hilo
que en él te dan
no te ayuda a salir.

此处所见非如是

你此处的所见非如是。
有人隐藏了一篇。
而残章
却正是意义所在。那是
改变隐秘宇宙秩序的
话语。也是寰宇转动
所围绕的秘密中心。你陈说的
记忆
非如是。缺乏
承接混沌的
空间。
有人拉扯线头。有人
鼓励你去演出。场景变换,
又再次落实。取出物件。
你又一次穿过
幽黑的迷宫。他们在其中
给你的线头
无法帮助你走出去。

TRAZO DEL TIEMPO

Entre el viento y lo oscuro,
entre el gozo ascendente
y la quietud profunda,
entre la exaltación de mi vestido blanco
y la oquedad nocturna de la mina,
los ojos suaves de mi padre que esperan; su alegría
incandescente. Subo para alcanzarlo. Es la tierra
de los pequeños astros, y sobre ella,
sobre sus lajas de pirita, el sol desciende. Altas nubes
de cuarzo, de pedernal. En su mirada, en su luz envolvente,
el calor del ámbar.
Me alza en brazos. Se acerca.
Nuestra sombra se inclina ante la orilla. Me baja.
Me da la mano.
Todo el descenso
es un gozo callado,
una tibieza oscura,
una encendida plenitud.
Algo en esa calma nos cubre, algo nos protege
y levanta,
muy suavemente,
mientras bajamos.

时间的轮廓

在风与黑暗之间，
在上升的愉悦
和深沉的安稳之间。
在我白色礼服的激荡
与矿井漆黑的洞穴之间，
是我父亲被期待的温柔目光和
浓郁欢乐。我上前想要触及他。那是属于
微小星体的土地。
土地之上，黄铁矿石板之上
太阳衰落。石英和燧石的
云朵高企。父亲的目光和华彩中
包裹着琥珀的温暖。
他走近。将我拥入怀中。
我们的身影在岸前倾斜。他放下我。
牵起我的手。伴随其中的，
沉默的欢愉，
晦涩的昏暗，
与充分的燃烧。
在下降中，
宁静覆盖我们，温柔地
保护我们
托举我们。

CON ABISMADA TRANSPARENCIA

Eres el fuego del inicio.

Eres la luz

en el instante sabio

de hacinarse en el agua.

Eres la voz, la transparencia que penetra,

que engendra;

la nota viva y diáfana

que cae,

con el candor de una certeza

en el centro

del alma.

与茫然的明透

你是原初的火焰。

你是罗列在水中

智慧瞬间的

光明。

你是由明透浸润和造就的

声音；

你是在灵魂

中心

与一份纯真确信，

一并坠落的

鲜活而清澈的音调。

ESE ESPACIO, ESE JARDÍN
(2003)

《那空间，那花园》

(2003)

ESE ESPACIO, ESE JARDÍN

En las últimas palabra
están contenidas las primeras

I

—Olor de musgo. De gardenias
entre madera mojada. —De barro tibio entre viñedos.

La muerte
es el hilo de oro que enredamos entre los muebles,
entre las plantas límpidas del jardín.
Es la palabra del inicio; es tu risa
colmando
con su fuente la casa, con su cristal sonoro
el ámbito nuevo, eterno;
con su candor resplandeciente, con su ardor matinal;
cada lugar llevado a su raíz por la infancia,
a su clarísima ignición es tu luz; y a tu mirada se abre
lo que aún se enciende.

那空间，那花园

最后的话语
蕴含最初的言说

一

——苔藓的气味。　　潮湿树林中
栀子花的气味。　　——葡萄园里温暖的泥土气味。

死亡
是缠绕在家具上
和花园里闪耀作物上的金线。
这是最初之言；　　你的笑颜
这是源泉
涌进房间，这是清脆水晶
涌进崭新而无尽的空间；
随着光亮的挚诚，随着清晨的热情；
每个地方，回到最初的源头，
回到星火闪耀的时刻，你的光辉；还有藏在你眼中的
从未熄灭的火焰。

El tiempo

es un trazo fino

sobre el vasto poliedro.

La muerte,

a gatas entre los muebles,

interpone sus preludios:

las caobas rollizas

y advertir al bufón.

—Cae dormido el bufón

sobre el sofá teñido de un verde líquido. —Aguamarina

entre guirnaldas lila.

A su izquierda

la mesita blanquísima.

Sus dedos rozan la moneda de luz.

La sala es el efecto y la tensión de esa luz,

es su tacto furtivo; el espesor

de un pensamiento, su hilaridad.

时间
是流动在广阔多面体上的
纤细线条。

死亡
在家具上偷偷爬行，
开始了它的序幕；
纹理细腻的桃花心木

然后亮出它的王牌。

——这个小丑，睡着了
在绿色的沙发上。　　——海蓝宝石
在紫色的花环间。

他的左侧
是雪白的桌子。
他的手指摩挲着闪光的硬币。

房间里交错着这光芒的言辞和力量，
它鬼祟的触觉；思想的锋芒
它的欢乐。

—Sobre la cama los juguetes. La llave.

La muerte
es el lugar que se tiende en este objeto compacto
y delicado.
Una clara postura que articula el bufón;
la inclinación
de su cuadrícula.

El brillo suave del mar. El laberinto
de un nautilus. Su levedad ensimismada
deja su acorde grave,   su placidez.

*

(Olor de lluvia al amanecer.
Olor que acerca e ilumina las tejas.

Desde un eje de luz: el día en que el agua alumbra
el terregal rosado. El resplandor de los arroyos
contra el fluir de la ladera.
El portal de la casa.   La clara estancia
de su muerte; y su remanso.

——玩具在床的周围。钥匙。

　　死亡
是在这纤小事物中蔓延的
足迹。
小丑清晰陈说了自己的立场；
以及对他花格衣服
的喜好。

大海平静的光泽。鹦鹉螺的
迷宫。内在的幸福赋予它广阔的平衡，　　安详。

*

（黎明时分雨的气味
浮动并照亮了屋顶的瓦片。

光的中心：岁月镶嵌在
照射着玫瑰色浮土的水中。溪流的辉影
对抗着涌动的山坡。
屋宅的门廊。　　死亡的客厅
和它的休息处。

Vimos su sombra descorrerse en la estancia como en el filo
de un domingo:
el sol licuando las terrazas,
el mar abriendo su lentitud.)

*

Esa acendrada magnitud,   esa risa
cristalina la aprehende y la formula aquí. Su desgranada
transparencia.   —En el tiempo,   su cifra
es un vitral:

Sus infinitas variaciones reflejan
esta irradiada resonancia: el bufón, su voz

fijando el escenario,
sus entrañables cortinajes; la luz
que incide en el cristal.
Porque la muerte tiene, en el torneado corazón
de la vida
encajados sus vértices. Y con ellos inicia y en ellos abre
una extensión:

我们看见它的暗影潜入房间，犹如
周日正午时分：
融化露台的阳光，
　　大海打着大大的哈欠。）

*

这薄荷味的光彩，　　凝固在这里的
清澈笑颜。裸露的
透明。　　——在时光中，它的面容
是一扇彩色玻璃窗。

　　它无尽的变化映照着
　　光芒四射的回响：小丑，他的声音

　　凝聚着舞台，
　　它可爱的帘幔；投射在
　　玻璃上的光线。
因为死亡，已经嵌入在生命旋转的
心灵中，
它的顶点。生命因死亡而开始，并在死亡中
开拓出新的领土。

la del espacio que transcurre.

Mira tu mano.
Mira la moneda girar;
mira los gestos
trabar su espacio, su secuencia. La sensación
de su secuencia;
mira el gesto que engendra
la sensación,
el cuerpo nítido que esboza,
que articula; es un pájaro
arqueado este vacío, es una línea enmarañada
su interludio burlón.
Todo esto

se registra;   todo
se desvanece

—En el tiempo que se urde y se recorre.   Todo traba
su gozne; silba
el bufón
su acaecer.
Silba en el bosque

这流逝的空间。

看看你的手。

看看那旋转的硬币；

想想那些

决定位置与序列的姿势。序列的

震动；

想想那些创造了这些震动的

姿势，

那起草和宣告了一切的

最终的肉体；是一只

丈量虚无的鸟，是一个缠绕的线团，

它的幕间曲，它的滑稽戏。

这一切

已被记录；　　一切

已张开

——在这积聚而又泛滥的时刻。　　所有事物

纠结在一起；小丑

嘲弄

发生着的一切。

他在森林里嘲弄

su abrasivo deleite, su irisado
lugar.   —Silba su gozo

inextricable.

*

                                   La niña
de luz de plata,
bajo la noche transparente,
recibe—como una ofrenda derramada—
los dibujos del mar.
Tiene una jícara nupcial
en las manos.
    —Entre los cortes y figuras labradas
    con insondable sutileza,
    la luna vierte
    su sigilo.

    Tiende los trazos, los perfiles,
    sobre un silencio de eternida
        la fijeza de sus rastros
        y el germen,

自我燃烧的快乐，他彩虹色

的处所。　　——他嘲弄他不可亵渎的

快感。

*

银色光辉

的姑娘，

在透明的夜里，

——仿佛散发祭品——去承受

大海的画作

被当作慷慨的馈赠。

手持婚礼上的祝酒杯。

　　——以深邃的细腻

　　在精心制作的剪影中，

　　月亮泼洒出

　　隐秘的沉默。

　　在永恒的寂寞里，

　　铺展出线条与轮廓，

　　　　汇聚于它的起源

　　　　与踪迹，

su densidad de seda, de agua,
de figuras sintiendo en la oscuridad su confín
luminoso, su delirio brotante de signos vivos,
su estupor animal:

rasgos, designios, enhebrando sus formas;
hurgando, con pulcritud, su hilo de luz, sus enlaces,
sus lentos modos para existir.
Es el destino que se enreda
sin voz
como un capullo transparente. En el centro del fin
está el principio; en el principio,
el fin, sin ecos.

*

La tarascada nítida
del jaguar
en la amplitud del Universo. —Hunde

en la sombra
su huella intacta:
serpiente de astros y murmullos,
astilleo de espejismos.

在黑暗中感受,
它浓密的丝绸, 水和影像,
它的绚烂边界, 对生动符号所萌生的痴迷,
略显痴愚的惊愕：
面孔, 计划, 诉说着它的形式；
优雅地拨弄它的光线, 它的绳索,
它精心的存在。
那是无声
设下的宿命
如同透明的蓓蕾。　　在终点的中间
是开始；在起点处,
是没有回声的终结。

*

美洲豹

在宇宙中
痛快地撕咬。　　——它完整的足迹

在阴影中
坍塌：
怀抱星象与窸窣声的蛇
一切皆幻象。

Un arroyo ilumina el palpitar de la noche: Honda
raíz fulmínea. Honda,
encandilada raíz: Es el tiempo inasible.

Es el trazo que se abre en el umbral, en su gozne;
en el embrión de su espesura.

—Fuentes ardiendo al amanecer,
borbotones que el tacto de la luz estremece—

Son refracciones del inicio
la vida ardiente y su silencio;

Bajo la noche, bajo su azul profundo,
los grillos cavan
la intermitencia.

Del espacio impalpable, una certeza:
tu voz;

tu voz que funde
y permanece.

—*Cortada en vilo*

溪流照亮了夜的颤动：转瞬即逝的
根深埋。格律严谨的
根深埋：这是难以捉摸的时光。

这是在最初的接合处展开的轮廓；
成熟于胚芽的密林。

　　——黎明时分燃烧的水泉
　　沸腾在光线震撼的触觉中——

燃烧的生命与它的孤寂
这是最初的映照；

　　在夜色里，在夜的深蓝里，
　　蟋蟀们
　　放松了节奏。

在无法触摸的世界里，确信：
你的声音；

你熔化
并且停留的声音
　　　　　　——被时间打断

por el tiempo,

cortada al calce como una flor,

como un oleaje refulgente, como una estrella,

renace.

Se abre, se ilumina, se adentra

—desde un silencio incandescente—en las cosas.

Todo lo animas, todo lo alumbras,

todo lo abismas en su fuego.

A cada forma le das su nombre;

a cada nombre

su forma: Ahí,

desde ese punto sin fin

y sin principio, abres las aguas en la palabra justa.

*

—En la mirada que entrecruzan los niños,

en su fulgor,

frente al estanque iluminado.

Es la frescura de sus voces recorriendo el espacio, vertiendo

悬在空中
如同无根的鲜花，
闪烁的波涛、重生的
繁星。
——从热烈的寂寞里——在事物中
它伸展，照耀，深入。
你鼓舞了一切，照亮了一切，
让一切陷入在它的火焰中。

　　你赋予每一形式以名称；
每一名称以

形式：那里
从这里出发没有终结
也没有起始，你在恰当的语言中打开了大海。

*

——在孩子们交织的目光中，
在它耀眼的光辉里，
面向神启的水池。

鲜活的声音溢满空间，风

entre hondonadas de luz,
su azar de viento y de extensiones. Es la tersura
de sus voces ardiendo en desbandadas de gozo,
de brillo intacto, de plenitud.

Nada

toca,
entre las carnes de la vida, su centro,
nada lo alcanza y lo despeja,
como esas risas,
esas carreras embriagadas y eternas
que van urdiendo los jardines, los bosques,
las planicies que cimbran y atraviesan el tiempo.

Nada lo ciñe y lo ahonda como esos ecos. Ojos niños
[que irradian
infinitud.

Nada encarna en la vida
y la estremece; nada afirma su cuerpo y su sed, su voz,
como esa cifra de lo eterno en su centro:

扩张在

日光的洼地间。在欢愉,

无缺的闪耀与完满中溃散,

光亮的声音在另一个地方燃烧。

没有地方

触碰,

在生命的鲜活中，它的中央,

无法企及，并且仍然空虚,

如同那些笑容,

那些晃动和穿越了时间的花园、森林

和平原所构建的路径

永恒而沉醉。

没有什么如同回声，捆绑它，陷入它。孩子的眼睛

照射出

无限。

没有什么如同无止境的密码

被赋予生命

撼动生命；断言肉躯，渴望和话语：

un gesto puro

y claro.

Una mirada diáfana. Un arranque gozoso: Una gota,

un arroyo,

una corriente: Es el mar reverberando sus formas,

irguiendo en espesores de fuego sus masas,

su orbe

encabritado y frondoso; montañas de agua, de sol

*

Es la máscara blanca

en el bosque de plata. En él se pierde y reaparece.

Es la tortuga de piedra

frente al azul; es el almendro contra el cielo.

Un bufón muestra

en la mano

el tallado cristal: se ven las máscaras numerosas,

su afilado perfil. Se ve el jaguar acechando

entre juncales.   Salta

纯粹

清晰的表情。

透彻的目光。欢快的起点：水，

溪流，

大川：这是大海所映照的自己，

它的世界

全体矗立在火的浓密中，

枝叶繁茂又腾空跃升；水和太阳的崇山峻岭

*

这是银筑森林中的

白色面具。在森林里丢失，又重现。

这是面向靛蓝的

石龟；这是冲着天空的巴旦杏。

小丑手中

展露

雕琢过的玻璃：可见无数面具，

和它磨尖了的轮廓。美洲豹伏身在

灯心草间。 小丑

el bufón a la luz

y te ve a los ojos.

*

Una línea se adentra

con su rojo averbal

en los contornos del paisaje.

Los ocres se abren;

la interrogan.

*

Sobre la mesa blanca,
en su reflejo sostenido,
un nautilus. Su fluido arraigo, amplitud
y el áureo arrastre
de su centro.

跃身于阳光下

凝望你的眼睛。

*

在风景中

一条线

凭无法言说的红，深入。

赭石，打开；

被质询。

*

鹦鹉螺，
在白色桌子上，
在自身的映射中。流动的根，宽阔
并席卷了
中心。

En su vórtice vítreo: Un cuenco, un brillo

de incidencia.   Una semilla

de hilaridad.

II

Oigo tu voz; la siento entreverarse,

encender. Algo

dijiste entonces,

de tal modo,

de tal modo que siempre crece; crece y se extiende

como una hiedra, como una selva,

como una arena

luminosa.

*

¿Qué es lo que entorna mi vida en el dintel

de esa voz?

¿Qué es lo que toca de su brillo profundo

y entre el rumor

在它玻璃质的飓风里：杯子，深渊
变动着。　　欢愉的

种子。

二

我听到你的声音；感到它的混杂，
点燃。某物
像你曾经诉说的，
那样，

那总会发生；生长和繁荣
如同常春藤，如同森林，
如同闪亮的
沙砾。

*

将我的生命虚掩在声音的门楣中的
是什么？
触摸它鲜艳的深渊，
并在黑暗的瀑布中

de su cascada oscura?   *Agua*

de fluida luz.   Agua
de entramados relieves.

—Que en sus costas se tiendan y humedezcan las sombras,
que en sus cuencas florezcan. Que en su dorada red

como ofrenda ancestral se esparzan
y en ella arraiguen, y en ella cifren su simiente.

Que ante el profundo umbral,
donde las urnas y las piedras
descansan, la lluvia encienda
su cadencia.
    Deja
que entre sus brillos
y entre las suaves hebras de su espejo
anochezca.

*

Es la noche el lugar
que ilumina el recuerdo.

喃喃低语的是什么？　　　光线流转之

水。　　　容颜涌动之
水。

——海岸线上散落而潮湿的影子，
在凹地中盛开。在水之金色的网中，

如同远祖的祭品，它们被播撒
它们扎根，养育它们的种子。

在无止境的黑暗前，
玻璃匣和石头
沉寂，雨激起
属于它的节奏。
　　并且被允许
在光的碎片中
在碎裂的镜子里，
黑暗坠落。

*

夜
是点亮记忆的地方。

Es una vasta construcción
sobre el mar.   Es su despliegue

y su secuencia.
Amplios corredores se extienden sobre blancos pilares.
Las terrazas abiertas sombrean las olas,
y uno se interna y cruza
por insondables extensiones.

Va la mirada inaugurando los trazos,
van las pisadas centrando la inmensidad.
Y su perfil
cambiante se va trabando.
Y su emprendida solidez
nos va infundiendo una claridad: la del espacio
que se entrelaza. Vemos
transparencia en los muros, transparencia en las densas,
despiertas olas y una alegría nos roza como un augurio,
como la aleta fina y sigilosa
de un pez.

Es la memoria el viento
que nos guía entre la noche

那是在大海之上的
辽阔建筑。　　　　是连绵不断的吟唱

与展现。
宽阔的回廊延伸在白色支柱上。
敞开的露台显现着海浪的明暗变化，
一个人进入
穿过无法测量的宽广水面。

用目光书写边界，
用足迹丈量无限。
变幻的
线条不断将它加固。
直到它坚固到
让我们清晰见证：
空间的交错。看到
墙的透彻，海浪的浓稠，清醒
与精心，我们努力耕作出的欢愉，
如同鱼儿精致鲜活而隐秘的
鳍。

在夜色中引领我们的
是风的记忆

y en ella funde
su tibieza: Nos va llevando,
nos va cubriendo con su aliento. Y es su suave
premisa, su levedad
la que entreabre esas puertas:

Balcones, cuartos,
aromados pasillos. Salas
de inextricable y nítida placidez.   Ahí,
entre esplendores recién urdidos,
bajo el espacio imperturbable, recobramos, a gatas,
la expresión de los muebles,
su redondeada complacencia: Todo
nos cubre entonces
con una intacta
serenidad.   Todo
nos protege y levanta con gozosa soltura.
Manos firmes y joviales nos ciñen
y nos lanzan al aire, a su asombrosa, esquiva, lubricidad.
—Manos entrañables
y densas. Somos
de nuevo risas,
de nuevo rapto bullicioso,

在记忆中

它的宁静创造着：以勇气

引领并覆盖我们。这是它温柔的前提，

这是它在门环间

微微张开的迟缓。

阳台，房间，

充裕的走廊。错综的

空间，清澈平和。　　那里，

在初现的光辉间，

在沉着的风景中，我们悄悄地

让金属的装饰显示出

它完美的喜悦：　　那一刻

一切

完满

和谐。　一切

庇护并赋予我们自由的欢快。

它用惊骇而冷漠的滑润，

用坚定欢乐的手捆系我们，并将我们抛向空中。

——诚挚

强劲的手。我们

又一次地欢腾，

又一次喧吵着

acogida amplitud.

Todo
nos retoma y nos centra,
todo nos despliega y habita
bajo esos bosques
tutelares: Agua
goteando; luz
bajo las hojas intrincadas del patio.

*

Cedro, sándalo,
acendrado eucalipto.
Ahí volvemos,
ahí enredamos nuestras voces. Y un bienestar
incontenible, una ceñida plenitud
nos embriaga.
Somos, entre esos trazos, inmensidad.
Somos su deslumbrada coyuntura.
Y así cruzamos,
rodeando siempre ese centro,
bordeando siempre esa calidez, ese meollo intacto

劫掠。

在受庇护的
丛林之下：水
滴着；阳光栖身在
庭院中纠缠的树叶下。
一切
重新攻占我们，深入我们，
运用我们，栖身于我们。

*

纯粹的
雪松，檀香木，蓝桉。
我们回到那里，
让话语纠缠在一起。沉醉
在无法遏制的舒适中，
在捆绑的充实里。
在那些线条中，我们旺盛而没有边际。
我们是缭乱无解的征兆。
在无尽的夜色里，
在深不可测的回廊中，
我们带着堆积的温柔，

de hacinada ternura, por la noche sin fin,
por sus pasillos
insondados.   Así volvemos:
por el lugar
que han conservado aquí,
que han emprendido aquí
para nosotros.

*

Ellos, los muertos, nos miran con sus ojos ahondados,
con su encendido corazón, y un desconcierto de niños,
un sobresalto desolado nos toca,

una tristeza oculta.
¿Dónde?
¿Dónde dejamos ese espacio?
Y en sus ojos precisos y extrañados miramos
esa misma pregunta:
¿Dónde? ¿Dónde dejamos,
dónde dejamos ese espacio?

总是，环绕着那个中心，沿着炽热与完满的智慧，
穿越。就这样，
我们回来了：
在为我们保存
和起步的
那个地方。

*

他们，逝者们，目光深切地望着我们，
他们的心被点燃，如同无措的孩童，
忧惧将我们击中，

隐秘的忧伤。
何处？
我们在何处安放那空间？
在他精炼疏离的眼神中我们注视着
那个同样的问题：
何处？我们在何处安放，
何处安放那空间？

III

Y es en la noche niña, en su apretado corazón
donde se abre ese jade.
Donde fluye y se entorna
ese jardín. Es en los ojos vivos
del jaguar de la noche:
Un parpadeo es el sueño,
otro es la muerte que ahora canta
con acendrada suavidad.
Y su voz cadenciosa es un murmullo
de madre joven.

Toca su voz el filo
y el caudal de las cosas. Toca su sorprendido
corazón.

*

Ojos de jaguar son las hojas que cimbra el viento.
Fuego las deslumbradas mariposas.

Y su voz se abre a un hondo cavilar de la tierra,

三

那是温柔骄纵的夜晚，它密实的心灵中
开凿着美玉。
庭院的流动
和虚掩处。夜色中美洲豹
穿梭的眼：
眨眼是梦，
再眨眼则是纯粹温柔歌唱的死亡。
它的声音
如一位年轻母亲的私语。

它的声音
触摸着事物的洪流与锋刃。触摸着
惊异的心灵。

*
美洲豹的眼睛如在风中晃动的树叶。
热烈的蝴蝶。

它的声音面向大地的深沉思考，

a un hondo y tierno rememorar: lo que guarda,

lo que protege;   lo que ahora nace

entre las sombras.

Es su canto ancestral una cascada suave,

una ventana abierta a los cantiles del sol.

Todo

era incendio entonces:

los juegos, las buganvilias, los ígneos cercos

de los tabachines.

Como un jaguar que en la noche

se desplaza entre lirios. Como jazmines

que enciende el viento

sus palabras se tocan: Su canto fluye

y nos despierta.

*

Una línea muy fina es el crepúsculo.

Rojo

面向温柔深邃的记忆：被留存，
被守护；　　以及在今天的暗影中
被诞生。

祖先的歌谣倾泻，
面向阳光峭壁的窗。

那时
万物忘情燃烧：
游戏，九重葛，凤凰木
火焰的围剿。

如同在夜色中
穿梭于百合花间的美洲豹。如同
点燃了风的茉莉
它的话语留痕：它的歌声婉转
将我们唤醒。

*

晨昏是敏锐的线条。

红

sobre un sepia

animal.

IV

Agua

goteando; noche

cadenciosa:

En los nogales que en silencio la rozan

hay larvas ya

de catarina. Cruza

entre los estanques el frío de octubre.

*

Miramos quietos,

ocultos,

alejarse esa luz:

Nuevos ocasos y nuevos lirios despertaron la roca.

La roca blanca

y majestuosa. Nuevas coronaciones.

关于乌贼

这只野兽

四

　　　水

在滴；夜

歌声悠扬：

在胡桃木林中，在寂静里

黄色的七星瓢虫幼虫触摸着

景色。在池塘里

黑夜穿过了冷漠的十月。

*

我们静静地

无知地

望着那光，远离：

新的日落与新的百合唤起了岩石。

石头洁白

神圣。　　美洲蓝花楹带着诱惑的蓝，

Y bajo el templo de las jacarandas, imantado de azul,
adormecidas entre estanques violeta, las mariposas.

*

Toda esa noche bordeamos
para alcanzar el mar;
bajo el alba,
en la bruma,
se acercaron sus playas,
se tiñeron de voces, de resplandor. Gritos
como pequeños soles. Gozo
chorreante,
risas, y sus colmadas constelaciones.
Huellas breves,
cambiantes,
entre el oro y la arena.   Tus ojos,
suaves,
emprendían esa luz: Bosque
de transparencia, llama, cristal de roca:

En sus aguas fluctuantes,
inabarcables,

修饰着庙宇，蝴蝶栖息在
紫罗兰色的池塘间。新的圆满。

*

为了到达大海
我们航行了一整夜；
在晨曦中，
雾霭间，
海岸临近，
混杂着涛声与光泽。呼喊
如微小的光线跳跃。泉涌的
快乐，
欢笑，和满载的星星。
金与沙之间
短促
而变幻着的痕迹。　　你温柔的
双目，
开启了光明：丛林的
清透，火焰，岩石的晶亮：

在它变化的
无法被拥抱的水中，

dejamos esto. —Un día, de noche,
hemos de volver.

*

Canta suavemente la muerte
en el umbral del patio,
bajo el silencio de los limoneros.
Canta con ardor maternal
a quien la escucha. A quien la ve tender,
con ternura,
su andamiaje de sol,
sus misteriosos y claros
vínculos.
Cruzan, de pronto, pájaros,
innumerables pájaros en bandada sobre el auge del río,
sobre el blanco tendido en sus orillas. Las lavanderas
se callan,
los ven pasar.

*

Huerto en flor; sesgo, azahar,

我们将此留存。　　——一天，一夜，
我们将回归。

*

在庭院的边缘，
在柠檬树的寂静下，
死亡温柔地吟唱。
以母亲般的灼热唱给
那正在倾听的人。柔情流动在
注视它的人前。
它光亮的脚手架，
神秘而又清晰的
触碰。
鸟儿，匆忙地，穿过，
无数鸟编织成的鸟群掠过，
白色堤岸边的水面。　　白鹡鸰
沉默，
飞过。

*

鲜花盛开的果园；柑橘花静静绽放在，

jardín agreste. Niña
que ataja el viento
entre los naranjos.   Corre,

sin voltear,
sobre prados recién trazados. Recién abiertos
por el color. Prados que ilumina y extiende,
frente al rapto del mar,
una mano pequeña.
—Recién volcados al silencio:
a sus remansos; su encendida
amplitud.

*

Un roce enarca,

modula, los lomos tenues del paisaje.

—Una incisión lo cimbra.   Lo espabila.

*

草叶繁茂的庭院中。女孩
在橙树间
顺风而行。　　坚定地

奔跑在
初生的草地上。新绿
修饰着那片土地。它稚小的手，
在海浪的掠袭前，
照亮，并延伸着草丛。
　　　　　　——沉寂的绿
因为草原的迟缓；因为草原燃烧的
辽阔。

*

摩擦

让风景纤弱的脊背弯曲，变调。

——停顿让一切晃动。　　变亮。

*

La muerte,

como un laurel,

bebe los ecos de las casas.   Como un mastín

las vigila,

les abre un cerco en la maleza.

Mira

desde las puertas.

Desde los muebles

descentrados y entre el color

de los objetos.   Cuando cruzan dos líneas

está ella allí. Está su vértice

y su principio.

Alguien contaba entonces:

"Era una boda. No lo supimos

hasta que dieron vuelta sobre esta esquina;

venían los músicos primero, algunos niños

y luego ellos: la novia, rebosante, rolliza

y entrada en años,

y el novio, jovial

y henchido de orgullo.   Así

死亡,
如一株月桂树,
汲饮着家宅的回声。　　如同一头猛犬
守护住所,
在杂草丛间打开圆形洞穴。
看
从门边。
从离心的
墙头物件的色彩中
进入。　当死亡来到
线索交织的地方。那里是它的初始
也是它的终点。

　　有人在那时说:
“曾经是一场婚礼。我们不知道

直到他们在这个街角拐弯;
最先来到的是乐师、几个孩子
他们之后:粗壮、年老、
不堪的新娘,
和活泼

而骄傲的新郎。　就是这样

atravesaron el parque

embriagados de estruendo."

La muerte,
ya lo sabemos, estaba ahí. Y no porque
alguno fuera a morir de pronto, o en poco tiempo,
ni en unos años. Estaba ahí, como siempre,
entre las bancas y las palmeras.
Estaba ahí, entre los vendedores,
como un respiro o como un rasgo.
Como una línea en las baldosas. Sonreía,
sin malicia, sin impostura, y era un espacio
entre los alcatraces. Por momentos nos cruza
o nos hace voltear. Algo
preciso nos muestra entonces. Algo muy claro
y demarcado.

*

Lo que de pronto nos hace ver es siempre nuevo. Viene,
quizás, desde muy lejos, desde otro tiempo,
pero se inicia ahí. Lo abordamos con gozo, con calidez;

沉醉在喧哗奢靡中

穿过了公园。”

正如我们所知,
死亡，在那里。不是因为
有人很快，或在几天,
或在几年内即将死去。一如从前,
死亡藏身于长凳和棕榈树间。
如同一次喘息，或者一道轮廓,
它混迹于小贩之中。
死亡如同铺地细砖间的缝隙。它微笑着
它不邪恶，也不诅咒，它是斑叶阿若母枝叶间的
那道间隙。在不同时刻穿过我们
翻转我们。
向我们展示精准、清晰
而又界限分明的某种事物。

*

很快让我们见到的总是新的事物。或许,
来自远方，来自另一个时空,
却在别处肇始。我们欢快激动地在其中航行；

vemos su cauce como algo nuestro. Algo
que crece dentro.

Vemos su tibia almendra,
su veta límpida

o ese pájaro
que un día llegó hasta la ventana y quisimos tocarlo
en el tiempo del cuarto
que ve el jardín.
Sobrevolaba
entre la ropa y el olor de almidón,
la blancura envolvente
y el calor húmedo.
Esa ventana ceñía
otros dos jardines.
Eran semejantes al nuestro. En uno de ellos
se abría el silencio
y acaecía reordenado en senderos y triángulos.
En el otro, a la izquierda,
se urdían rosales
y su gesto era menos exacto.

我们视它的河床为己物。某一个
生长在内部的事物。

我们看到它温热的卵石，
清透的纹理

　　　或者那只
某一天来到窗口的鸟
我们本想在面向花园的房间里
抓住它。
　　　鸟儿
白色裹身
温暖而潮湿
穿过满是淀粉味的衣服丛。
　　　　　　　　　　另两座庭院
环绕着窗户。
它们与我们的院子相似。　　其中一个
极为宁静
被小径划分成各异的三角形。
另一个，在左边，
满院蔷薇
神情模糊。

Sólo en el nuestro reinaban árboles.
Y esa oscura tibieza
persiste ahí, palpitando frente a la higuera
y entre blandos vapores.
Algo dulce se aquieta
entre esas ropas,
entre esos límites
ondulantes.

O aquel río entre la selva,
exultante de frescura
y enredando su azul, su cielo alegre
y su viveza.

*

Y alguien, tal vez, dirá: son los recuerdos,
son los recuerdos que se entrelazan
como briznas al sol,
como estrellas vertidas sobre arena.
Su universo es la sal
que refulge un instante, y en otro instante
se disuelve.

只有我们的院子为树木主宰。
幽暗的温热
盘踞于此，在无花果树前
在温柔的蒸汽间颤动。
在衣物间，
在那些起伏的
线条间，
甜美的事物获得了宁静。

蜿蜒在雨林中的河流，
清新葱郁
揉乱了蓝色，欢快的天空
与艳丽的生机。

*

有人或许会说：是记忆，
交织的记忆
如同面向太阳的藏红花，
如同流溢在沙上的星辰。
它的世界
在一个瞬间闪耀，在另一个瞬间
溶解的盐。

Un reflejo es la mesa
en la pequeña sala, otro el tiempo
volcado
que la tiñe.   —Y no;
son espacios continuos;

hilan su rastro oculto
y lo improvisan. Buscan
y reinician sus huellas
desde el dintel, bajo las ramas húmedas
del ciruelo,

y es el olor del pino el que está

y nos protege.

V

La muerte, como un acorde cristalino,
como un arpegio permea
y sostiene al tiempo.
Como una sombra lo extiende, le da volumen.

一种映射成为陋室中的

桌子，倾覆的

时间

将它染色。　　——哦不；

是延续的空间；

即席创作，并编织了

神秘的印记。从门楣上，

在洋李树湿润的枝头下，

寻找

和重启记忆的足迹。

松树的气息在那里

庇护我们。

五

死亡支撑着时间

如同清脆的和弦，

如同琵琶之声沁入内心。

暗影让时间延伸，赋予声音以力量。

Un instante

y su fin:

su borde; el eco

liberando caudales: bosques, recintos, sal; sendas

tangentes;

y esta cadencia intacta

de mares íntimos.

*

Y allí tú, sosteniendo ese decurso de astros,

esa maleza oculta y enraizada

bajo un río primordial. Abrías el oro

del estanque

y en él abrías el luminar del tiempo,   su seda henchida,

su corola.

Abrías su fruto entre las hojas

y era pequeño y hondo

como un níspero. Dorado y suave

como un cristal.   Entre el delirio

de reflejos.

瞬间

和它的终点：

它的边缘；余音

解放它们：森林，区域，盐；笔直的

小径；

以及这大海幽深处的

纯净旋律。

*

在那里，你支撑着星体的延续，

大河之下

扎根的隐秘草丛。你开启了

池塘的金色

在其中闪耀着时间，　　大量的丝绸，

与花冠。

在枝叶间觅到它的果实

小而厚实

如同欧楂树果。发出柔和的金光

仿若玻璃。　在冥思的

谵语间。

VI

Cruza la zorra blanca bajo otro plano;
su huella enciende la montaña.   Risas:
amarillo que canta. Soles templados
frente al azul.
Un arroyo entre llamas,
un enjambre de luz el murmullo del álamo;
un susurro de arena,
de semillas.
La zorra mira, se esconde; es también la nieve.

Cada sol que se asienta en su blancura deja un mar de
[quietud,
cada moneda suave,
cada hoja precisa y redondeada un umbral,
un silencio que envuelve.

*

¿Y qué
si aquel que cruza entre los setos;
si aquel que baja

六

在另一个平面中穿梭着白狐；
它的足迹让崇山激奋。 大笑：
歌唱着的嗜睡蚕。面向湛蓝的
温和阳光。
火焰间的溪流，
光的流星群，杨树的窃窃私语；
沙砾，
和种子的飒飒声。
狐狸四顾，躲藏；一场大雪。

每一个安放在自身白色中的太阳都留下了一片宁静的
海，
每一枚柔软的硬币，
每一片被门槛和寂静缠绕的
精确而弯曲的树叶。

*

那个
在篱笆中穿行；
在死亡的井栏前止步，并坠落的

y se detiene ante el brocal hundido de la muerte

es un niño?

¿Y si esa niña que vuelve,
cruza la sala, el cerco
de miradas, de luto —ella,
la que rehuía su rastro,
su peso ahí,
su hueco oscuro, corriendo,
volteando y corriendo a trechos entre muebles sin gesto?
¿Ella, en quien un hondo pozo de ternura se enreda ya
y urde veneros y raicillas, profundos huertos—
entra tiritando,
a esa sala, y de ahí la entrevé:
Un peldaño de hielo
y otro?

*

¿Y qué de ese dolor sin fondo,
de ese mar ya vaciado, negro
entre lo negro sin bordes? Algo ficticio
tiembla, se burla dentro.

　　是孩子吗？

如果女孩回来，
被目光和哀伤包围
穿过客厅　　——她，
逃避自己在别处的踪迹，
重负，
幽暗的洞穴，
在木讷的家具中，间断地奔跑，翻转？
深井的温柔
在水泉与须根间缠绕，幽深的果园——
她颤抖而入，
来到厅堂，从那里隐约看见：
冰的阶梯
和其他？

*

是什么属于那没有尽头的伤痛，
那已被腾空的大海，
在无边黑暗中的黑暗？　　虚构的事物
颤抖着，在内心自我嘲笑。

Un alfil; un perímetro.

Una fisura que así respira.

  Garabato que finge:

y ahí su absurdo, su persistencia,

su abyecto alarde.   Azuzante

y falaz

  es el vacío: Nada

que en él despierte.

Sólo altivez.

Sólo su error oblicuo.

Imperturbable.

¡Un instante,

un instante tan sólo del calor de su cuerpo,

su entrañable extensión.

Sólo un instante

de sus ojos, sus manos!

Acallante y tenaz es el vacío,

—Nada, nadie

一颗象棋；环绕的边界。

如此呼吸的裂纹。

　　伪造的潦草字迹：

那里是它的荒唐言行，它的坚持不懈，

它的下作炫耀。　　空虚

是虚假和

　　教唆。没有事物

在空虚中苏醒。

只有傲慢。

只有它倾斜的错误。

沉着冷静。

一瞬间，

只属于体温的一瞬间，

是它诚挚的领地。

只属其双目和双手的

一瞬间！

空虚是安静与坚韧，

　　　　——没有事物，没有人

que en él despierte.

*

La zorra mira,
se detiene.

Años, siglos, de ver la nieve. De ver quietud
en la montaña.

*

¿Y cómo, desde ahí,
desde ese filo, ese grito
retenido, desde esa abrupta
orfandad, se extiende un reino?

Un brillo suave entre los crisantemos. Una palabra,
una textura.

*

Todo el peso,

在空虚中苏醒。

*

狐狸止步，
注视。

积雪，万千年，世纪轮换。山峦的
宁静。

*

如何从那里，
从那刃处，从留存的
呼喊，从陡峭的
无依中，延展出一个王国？

菊花丛中一缕温柔的闪耀。一个词，
一份织物。

*

石头，

el delirio, de la piedra,   su vastedad,
se transparenta.
Todo el reflujo ardiente de la piedra.

Es trazos leves y frescura
la montaña; su luz.
Lenta cascada entre la calma su ceñido cristal.
Lenta, torneada flama
su interno gesto contenido: Mar
que resguarda. Aliento intacto
que protege.
Brasa profunda que fluye y se alza
desde otro tiempo,
bajo otro rapto, otras fisuras.

Todo el deslave pétreo de las nubes,
su torneada unidad.

*

¿Y cómo, desde ahí, desde ese espejo
que se ovilla?
                Otra

所有重量，所有谵妄，　　显露出，
它的辽阔。
一切属于岩石潮落的燃烧。

崇山轮廓黯淡
葱郁；它们的光明。
瀑布在玻璃晶体捆缚的沉静中徐缓而下。
火焰悠悠旋转
它的表情隐匿着：　　守卫的
大海。呵护的
纯净呼吸。
幽深的炭火
在失神间，在裂纹中，
在另一个时空流动和高耸。

云端上所有岩石的冲蚀，
旋转中的统一。

*

如何？从那里，从那缠绕的
镜中
　　　　窥得另一个

la mirada animal,

su hondura suave, su caricia.   Tiempo que irradia

entre las hojas.

VII

La zorra cruza, se esconde. Es también
la nieve. Es el bufón.
(La áurea fluidez
del saltimbanqui).   Es
    la espesura oculta.

—Y en ese arraigo que se extiende,
en esa red,   ese mirar que se repite,
en su arrecife constreñido: un dintel,
un avispero entre la paja; un venero, un vitral.

¿Y cómo,
desde ahí,
desde ese cerco,
esa mordaza?

野兽般的目光,
它深沉的温柔, 它的抚摸。   树叶间

照射出的时光。

七

狐狸穿梭, 藏身。雪
还在。丑角在
(杂耍艺人
身姿流畅金光拂面)。
　　隐秘的浓厚在。

　　——在延展的根基中,
在网中,　　在不断重复的注视中,
在被束缚的路基中：过梁、
稻草间的马蜂窝, 水泉, 彩色玻璃窗。

　　如何,
　　从那里,
　　从那包围,
　　那缰绳？

*

Sube

la procesión,

se filtra por esas calles, entre esas sendas,

y un aroma de flores, de humo,

de incienso opaco

la reconcentra.

Largos cabellos, largas túnicas;   todos

van disfrazados.   Y algo entre los ramos,

en la luz,

los inquieta;

los aligera.   Se tropiezan, voltean,

pierden el paso. Tocan

sus tibias máscaras.

Algo intacto entrevén.

Y es el viento que irradia entre los arrozales,

es la higuera,

*

圣周游行队伍

现身，

渗入街道，小径，
鲜花的馥郁，烟，

来自悲戚的香火
汇聚在游行中。
马队逶迤，长衫覆足；　所有人
皆已乔装。　花束间，
阳光下，
人群惶惑，
人群空旷。　磕绊，转动，
脚步踉跄。碰撞
温热的面具。

纯净已然潜入。

那是稻田里拂面的风，
那是无花果树，

*

O ante esa atenta avidez, desde esa noche

—ardiendo aún sobre los cerros—
una cascada de caballos:

alaridos, antorchas; vienen
a galope, entre la lluvia, es el rey, son los cristianos
en torrentes, por fin,

grandes arroyos negros.

Baja la reina a la capilla,
llegan las damas. Se alza, cauto, el rumor
de los espectadores. (Algo
ficticio tiembla, se enciende dentro)

Y es el bufón que observa entre las matas
y rompe el hilo: caen los caballos,

caen las máscaras. Se alzan
los tenues velos.

*

在投入的渴望前，从那一夜

——山脊上燃烧的是——
大队骑兵：

吼叫声，火把；在大雨中
飞奔而来的，是国王，最后，
黑色的洪流

奔袭的基督徒。

女王下马直奔礼拜堂，
侍女们同行。围观者起身，发出
细微声响。(虚构的事物
颤抖着，炙热)

小丑在丛莽间观察
扯断绳索：坐骑跌落，

面具四散。轻薄的纱幔
飘起。

(Como un rescoldo

inextinguible; como un candil.)

Rompe

el bufón la red

de los espectadores. —Pliega los toldos, los asientos.

Barre el alarde de los puestos.

Entre las formas tenues de las piedras

bajamos.

La noche se abre en la ladera;

en su tibia humedad.

*

O aquella calma retenida:

los peldaños, las voces,

el reflejo del mar.

Las secuencias que fluyen, ágiles.

Es una alcoba, luego una estancia que se extiende

entre el olor de arena.

(如同一簇无法扑灭的

炭火；如同一架烛台)

小丑

打破观众的

处境。　——将帐篷和座位折叠。

检查，并打扫不同位置。

在山岩稀薄的形式间

我们坠落。

夜色在山坡上打开；

在它的温润中。

*

或者那些缓慢：

台阶，声音，

大海的光泽。

敏捷流动的场景。

一张巨网，之后是在沙粒气息中

辽阔的庄园。

Los espacios convergen;
se integran en esa trama, la respiran;
dejan su honda quietud.
                                        Y de pronto, en los
    bordes,
las sombras cambian.

Cambian la utilería, los parlamentos ...

    —Y es el perro faldero del conserje
el que tira las mantas,
el que esparce el vestuario, las pinturas.   Es el niño
que juega
entre los andamiajes.

    Es la puesta del sol.

El tramoyista que entró y volteó el espejo.

    —Y algo en ese exacto cristal,
en ese encuadre, se altera, se estremece.

空间汇聚；
融入情节，在情节中呼吸；
留下深沉的宁静。
　　　　　　　　很快，在
　　边缘，
影像变幻。

场景变换，言谈变换……

　　——管家麾下那个爱在女人堆厮混的仆从
铺开了毯子
散开了衣装与画作。　那个
在脚手架间
游戏的孩子。

　　落日。

布景员进来转过镜面。

　　——那块精确玻璃中的某件事物，
在场景中，慌乱，震惊。

VIII

Es la muerte que hiende en los traspatios
un arco nuevo:
                    una afilada

lentitud.   Tiende sus níveos
brazos como una reina   y luego aspira
y se apresura:

una estela de pieles blancas
la dibuja y la sesga:
                              nuevos pasillos,
nuevas puertas.
Nuevas sendas que se abren,
  que se alejan.

Tu voz;
el hondo sol de tu mirada, su calidez.

*

¿Y cómo, desde ahí,

八

　　死亡在后院劈开了

一个新的圆弧：

　　　　　　　　　　　磨尖的

缓慢。　　像女王般舒展它雪白的

双臂　　然后呼吸

加速：

雪白肌肤的余痕

被描绘，使平静：

　　　　　　　　新的走廊，

新的门户。

新的路径开辟，

　　远行。

你的声音；

你视线的诚挚阳光，它的炽热。

*

如何从那里，

desde ese espejo abisal?

(Es la noche que se hunde entre los cobertizos.
Es su ruido.   Hurga y escarba
entre los cestos, contra la piedra en los abrevaderos.)

—Es la muerte que trastoca;   su placidez.

*

Noche a noche aparece,
entre la nieve,   en las ventiscas,
frente al umbral de una cabaña.

Cuelga sus pieles a la entrada
y comienza a limpiarla.

Nadie
la escucha nunca.
Nadie la ve.

(Es el viento que vuelve, que se filtra).

从大海般幽深的镜中？

(那是陷落在棚屋间的夜晚。
它的喧哗嘈杂。　　触碰
和爬行于靠在饮水槽石块上的筐篮中。)

——那是搅乱了一切的死亡；　它的欢乐平静。

*

夜复一夜，
在大雪中，　　暴风肆虐在
茅舍门槛前。

将自己的皮毛挂在入口处
开始清理。

从未有人
听说过它。
没有人见过它。

(回来的是风，渗入的也是风。)

*

Cambia la urdimbre de los hechos,
cambia su peso;   cambian sus ecos, sus reflejos.
                                                                        —Unos
en otros ven.   Unos en otros
      se despejan.

—El mismo ardor, la misma sed, el mismo fiel
que los enfrenta.   El mismo azar.

Y es principio
y envés
su embrollo lúdico.   Su aérea frescura
discordante.
                                    Es espejo,
caudal.

—La huella viva de los gestos. Su singladura.
                                                                        Vuelcan
sus lindes,   dejan

sus playas sueltas

*

事实的经纬变幻，
变化的还有它的承重、回声与映射。
　　　　　　　　　　　　　某些事物中
映现着另一些存在。　　它们在他者中
　　清澈自在。

——同样的灼热，同样的渴望，同样的忠诚
对面。　　同样的偶然。

是初始
和它游戏般杂乱的
背面。　　它轻薄与不和谐的
清新葱郁。
　　　　　　　是镜子，
闪烁。

——表情的生动痕迹。它的航程。
　　　　　　　　　　　　　　倾覆了
地界线，　　令

海滩松散无拘

—Y es el viento que irrumpe entre los bastidores
                                        es su arrastre.

El viento suave
que nos roza,

que nos alumbra.

—Es el bufón que inquiere.

*

Toca el cantil de los objetos, toca sus bordes
(y eso, que es a la vez hondura y superficie,
que es extensión, fluidez)

—Son los espacios que acontecen. Sus cuentas de agua.
Sus linderos;   sus lajas
que se empalman.

(Es la yegua que vuelve a los abrevaderos.

Suavemente

——闯入布景框的海风，

恰是它的魅力。

温柔的风
摩挲着我们，

为我们照明。

——问询的正是小丑。

*

触摸物件的悬崖，触摸它们的边缘
(那，平面的深渊，
辽阔与流畅)

——生成的空间。它的流量。
它的界标；那些接合在一起的
石板。

(回到饮水槽的母马。

温柔地

patea la piedra.)

—Su apacible fulgor.

Son las praderas que confluyen. Su inmensidad. *Tu*
[sombra
tenue entre la higuera. Ante el fino brocal. —Son
[extensiones
que se enlazan.

IX

—Los niños entran en esa luz. Ese esplendor
que se entrevera, esa asonancia,
esa espesura intacta entre las cosas,

y ahí se aíslan,

se acurrucan.

(Toca, con la mejilla, el suave confín del muro:
Su calma viva, su volcado saber —Su afable, fresco,
pronunciarse)

践踏石块。)

它的光，温和舒适。

大草原汇集在一起。它们广阔无垠。　　你

微弱的

身影在无花果树间。在精致的井栏前。　　是

联结的

辽阔。

九

——孩子们进入那束光中。　那混杂的

光辉，那共鸣，

那事物间纯净的浓厚，

蜷缩一隅，

在那里遗世独立。

(用脸颊，触摸，墙壁温柔的界限：

它鲜活的沉静，它折叠的领悟　——它和蔼，它清澈，

发出声音)

—Ese caudal que irradia entre las cosas: Su discurrir

bajo una oscura
duración.

*

Y ellos, los que se aman, se vuelven y así entreven.
Así se entornan y se abisman.

Urden y entreabren en la trama ese espacio,
ese jardín que es eco

e imantación.   Honda espesura,
sol.

—Sombra que incita, que devela.   Ellos,
que al tocarse se acendran
y unen cadencia
e infinitud,   tibia tersura
y universo. Templo.

(Toca el bufón el filo

——事物间映射出的广博： 在暗黑的

延续中
流过。

*

它们， 相爱， 回转并隐约显现。
彼此虚掩又茫然失措。

在空间的格线中策划， 开启，
庭院就是回声

与诱惑。 深沉的密度，
太阳。

——被激励， 被展露的影子。 它们
在接触中彼此磨炼
融合了旋律
与无限， 温热的纯洁
和宇宙。庙宇。

(小丑触摸了事物的

tangencial de las cosas.   Toca sus sombras.)

—Que en sus caricias traban
un comienzo, un remontable transcurrir: Magma, lugar
que habita,   dejan
ahí su ardor, su hondo, abrasivo
sentimiento.
Lo dejan en esa trama, en ese asido
torrente,   y es su fuego
sustancia.

*

Esa quietud que se abre entre las cosas, esa avidez.

—Como el borde apacible de un oráculo, como su rastro suave
cambiando siempre; siempre cediendo su manantial
en trazos finos que trastocan.
Siempre viendo a través.
Volviendo al fondo en la acendrada superficie.

—Y ellos, que así entrevén,
que así se toman, se traslucen.

锋刃。　　触摸了它们的影子。)

——在它的爱抚中
开始，和积累的逝去的，年华被束缚；　岩浆，栖息
之地，　留下了
它灼热和深刻却易磨损的
情感。
将情感留在方格之内，留在被紧抓的
激流之中，　它的烈火
和旨意。

*

事物间展开的安宁，贪婪。

——如同天意宁静的边沿，如同它不断变换的
温柔印记；不断后退的源泉
精细的轮廓被翻乱。
总是能够看到，穿透。
从精炼的外观回到最深处。

——它们，如此猜测，
如此采纳，并显露。

Esa amplitud entre las cosas, esa fluidez.

Ese impulso que abarca, que sostiene: ese oscuro

saber   y su rebalse generoso.

(Una arista es el bufón,

una mirada

    que entreabre un margen. Que traza y deja

un dintel. Ve desde fuera

una rendija.   Junta las hojas.

—Sobre la mesa intacta la moneda de luz, lostrazos

[limpios

de un nautilus. Su delicada

convergencia, su umbral).

Esa quietud que se ahonda entre las cosas, esa

[embriaguez.

Ese meollo asible de hacinada ternura,

    ese delgado

envés.

    Los muertos vuelven también allí.

事物间的辽阔与流畅。

包含和维护着的冲力与刺激：那暗黑的

所知　　和它慷慨的蓄积。

(交汇之处是小丑,

目光敞开

边缘。描绘并留下

门楣。从外部窥见

缝隙。将树叶汇聚。

——在尘封的桌面上承载日光的货币，鹦鹉螺

线条

清澈。它精美的

汇聚，它的门槛。)

那些在事物间深扎的平静安宁，那些

陶醉。

那些在柔软中沉浸的智慧,

　　那些脆弱的

背叛。

　　逝者也回到了别处。

De allí nos miran; nos reflejan. Nos orillan

a ver.
                    Unen

la luz del tiempo, las estancias abiertas, incesantes,
del tiempo, su entramado acaecer,
sus desbordadas resonancias en el cenit
de una alcanzada desnudez: este gozo que vuelve,

nítido.

Esta radiante

hilaridad.   Esta risa que funda
y su fisura.

—Como un venero, un amuleto.   La fuente oculta
de un jardín.

Este huerto, este rapto
que heredamos
como una abierta melodía entre la noche, como un

在那里凝视我们；映照我们。避免

张望。

汇聚

时间的光线，岁月开放而又不停歇的
驻留，它的原始框架，
在可触摸的赤裸中，
在顶点漫溢的回响：　这回归的欢愉，

清晰磊落。

这奕奕的

欢乐。　新鲜的笑容
和它的裂纹。

——如同一汪源泉，如同护身符。　花园
隐蔽的水池。

这院子，我们所继承的
失神的冲动
如同夜色中开放的曲调，如同一抹

[destello,

una pregunta

este cuerpo

*

y su sed.

—De allí nos hablan,

de allí nos llaman,   como entre sueños.

De un sueño a otro

nos llevan.

De un sueño a otro nos trazan,   nos transparentan.

Como rasgos muy tenues en un paisaje.

Como respiros.   De un sueño a otro buscamos

la solidez: este fuego

que enlaza, que perdura.

闪亮，

一个问题，

这身躯

*

和它的饥渴。

——从那里与我们言说，

从那里呼唤我们，　　如同在梦中。

引领着我们

从一个梦到另一个。

从一个梦到另一个描绘我们，　　展露我们。

如同风景中微弱的轮廓。

如同呼吸。　　从一个梦到另一个我们寻找

坚固：　联结和持久的

火。

生出了根，

Esta pasión que arraiga,
que arrebata,   y su acentrado contrapunto,
este sentir que engendra.   *Y a tu mirada se abre*
lo que aún refleja.

Unen
la luz del tiempo,   las estancias abiertas, incesantes,
del tiempo, sus remontables laberintos, su abarcable
[acaecer:

Este aliento,
esta savia que funde, que transluce, que nos envuelve
como un oleaje,
como un acorde: Estos contornos íntimos.

—un giro breve del cristal.   —Una arista de luz.

Una textura.   Una palabra.

—Porque la muerte tiene
en el colmado corazón de la vida
enraizados sus vértices,

又被席卷的激情，
这聚拢的旋律，
所激起的感受。　　迎着你的目光打开了
映射的事物。

　　汇聚
时间的光线，　　它开放不停歇的驻留，
它累积的迷宫，和包含在时间之中的
　　　　　　　　　　　　　　　　发生：

这呼吸，
这熔化，表露并将我们包裹的活力
如波涛，
如和弦：　　这幽静的风景。

——玻璃的短暂转动。　　——光的交汇处。

织物。　　话语。

——在生命充盈的心灵中
是死亡扎根的
旺盛，

y en ellos arde,

en ellos cede, en ellos une

esta espesura.

它在旺盛中燃烧,

在旺盛中让步,　　在旺盛中汇拢

厚密。

ESTA PALABRA OCULTA ABRE SU SELVA
(2005)

《这晦涩言语打开了它的雨林》

(2005)

ESTA PALABRA OCULTA

Esta palabra oculta
abre su selva. Su ensortijada
sombra. Entra al agua
el lagarto
y la luz se separa. El fantasma
se acerca,
cuchichea. Como un muro que se alza
contra las olas.
Como un espejo encajado en la mitad del arroyo.
Todo lo desdice en silencio,
todo lo quiebra.

这晦涩的言语

这晦涩的言语
打开了它的雨林。它系着铁环的
影子。蜥蜴
入水
光线流离。幽灵
靠近,
低语。如同一座高起的墙
抵御着浪。
如同一面嵌入溪流的镜子。
一切幻灭在寂静中。
一切已终止。

CUARTO DE HOTEL
(2007)

《酒店房间》

(2007)

COMENZARON A LLAMARTE

Comenzaron a llamarte las piedras, respiraban,
sus numerosos rostros, su palpitar
gesticulante,
desde los muros. Veías
la entrada de la cueva y sabías. Tótems
fundiéndose. Una
respiración sobre otra. Es para ti. ¿Y qué habría
sido?
¿Y de ti qué habrían ganado y para qué?
Pero no entraste, sólo
Te quedaste mirándolas.

它们开始呼唤你

它们开始呼唤你，石头，呼吸，
它们无数的面庞，它们的怪相
颤抖。
从悬崖的侧面。你可以看见
洞穴的入口，并且你知道。图腾
融合在一起。一次呼吸
接着一次呼吸。是为了你。还能是
为了什么呢？
它们能从你这得到什么，又是为了什么？
但是你并不进去，只是
站在那儿承受它。

LOS CUARTOS NO SON COMO DEBEN SER

Los cuartos no son como deben ser
ni son la suma que aparentan.
su diario esbozo del contacto:
Del perfil que protege en los objetos
y que éstos brevemente le dan.
De los rasgos cambiantes
que comparten.

Ellos se saben, se definen en esos bordes,
como en los filos de un espejo:
ese sentir delgado que une el espacio a la solidez,
que la corta y conjuga en su incesante trazo.

房间不是它们显示的那样

房间不是它们显示的那样
也不是所看到的它们的全部。能明确的是
它们每天接触的记录：
既有房间给物品打的烙印
也有物品给房间的烙印。
它们共同分享
变化的个性。

它们在边界处，了解自己，规定自己
就像镜子的边缘：
感觉那么单薄，却将事物缝在了空间中，
在无尽的图画里，切开，然后缝合。

ERA SÓLO UN SONIDO

No era un respiradero

ni un ancho tubo pulsante

en donde estaba inmersa.

Era sólo

un sonido que el techo maternalmente

apagaba

si me veía extenderlo. Si lo veía reconcentrarse

y gesticular en mí.

仅仅是一个声音

我所沉浸的
既不是一个金属的肺
也不是一条搏动的管道。
仅仅是
一个声音，并且它被天花板温柔地
关闭。
因为它来自我。因为它愈演愈烈
并在我的体内翻滚。

CUANDO ALGUIEN ENTRA EN UN CUARTO

Cuando alguien entra en un cuarto
reemplaza el tiempo, la trama,
de su red de incidencias. Cada mínimo
rasgo, cada gesto,
cada espacio mental y su sensación,
filtran su habitado contexto, elástico
interponerse,
propiciar.
Innumerables concreciones posibles
despiertan,
desencadenan. —Todas coinciden
y se afectan:

La piedra
que va a caer
cambia el pozo
y el agua
que inexorablemente, en su descenso,
la alteran.

Todos entran al cuarto,
todos lo observan.

当某人进入房间

当某人进入房间
在这一刻的光晕中，
时间和情节都被替换。每一处最微小的
轮廓，每一个姿势，
每一块意识的空间和它的感受，
清洗它存在的血液，灵活地
协调，
或者寻求帮助。
无数可能的融合
在这时苏醒，
挣开枷锁。——一切溢满感情
一起奔跑：

即将坠落的
石头
改变了水井
和井中之水
在它的坠落中，毫不留情地，
将其改变。

所有人进入房间，
所有人融入房间。

¿QUÉ QUERÍAN DECIR?

¿Qué querían decir, insinuar,
esas caras?
¿Qué querían decir desde su incisivo
lugar común, sus burdos tajos,
su fijeza, una después de otra? Muecas
grotescas, arcaicas,
secas. ¿Qué querían incitar, decir?
Dueñas de otro lenguaje,
de otro sentir ya desmentido. —Abría los ojos
para dejar de ver.
Para no articular lo que añadían sus gestos,
para no conceder. ¿Qué querían concitar, decir?

它们想言说什么?

那些面孔，想言说什么？
暗示什么？
从它们敏锐的常识，从它们粗糙的伤口，
从它们固定的身影，一个又一个，
想言说什么？怪相
愁容，老态，
枯形。想要激励什么？言说什么？
另一种语言，
另一种已被消解的感受的主人。——我睁开眼睛
为了不再观看。
为了不再接受表情的意义，
为了不妥协。它们想要激励什么？言说什么？

ENTRE ESTAS RUINAS

Este hotel es una antigua escuela,
uno lo siente a pesar del tiempo.
A pesar de los muros derruidos,
de los espacios rotos. Los que viven aquí
parecen estar de paso. Unas horas
al día. Algunos meses.
Seguramente
tienen sus propios cuartos,
pero dan la impresión de estar siempre cambiando.
Hace tiempo que busco entre estas ruinas mi habitación.
No sabría decir desde cuándo, pero ahora
he salido a lo que debió ser un jardín
o algún patio trasero.
Desde aquí todos los espacios están invertidos.
Tal vez reconozca la fisonomía de mi cuarto
por su revés. O tal vez reconozca de él
algún sonido.

在这些废墟间

这座酒店是一所古老的学校,

尽管时间流逝，你依然能够感觉到。

尽管墙已塌,

房已损。那些住在这里的人

似乎是匆匆过客。每天

数小时。几个月。

可以确信

他们都有自己的房间,

却留下印象，他们总在变化。

很久以来我都在这些废墟间找寻自己的房间。

不知道已有多久。但是现在

我已通向一座花园

或者某方后院。

从这里所有的空间被反转过来。

或许通过它的背面能够认出我房间的

外观。又或许是某个声音

就能立刻将它识别。

SI RÍE EL EMPERADOR
(2010)

《如果皇帝笑了》

(2010)

Y NO ES AHÍ DONDE SE MUESTRA

Ese animal.
Ese espesor nocturno, mullido
y turbio
que removemos.

Que conducimos
para mirarlo gesticular. Un oso viene hasta la feria
y de aquí nos observa: sus gruesas patas inquietas,
como entre vidrios.
Conocemos su danza y no es ahí
donde se muestra; sin embargo asentimos,
difusamente olvidamos.
O tal vez al voltear
vemos la quieta luz frente al equilibrista. Titubeamos
por él. Por él soltamos la esbelta vara.
En él sentimos el tiempo
trastabillar.

¿Pero quién gime o canta en esa sucia, diminuta, barraca?

彼处并非应舞之地

那畜生。
那为我们所翻动的
黑暗、松软
而又混浊的浓稠。

熊来到集市
在这里端详我们，我们想要驾驭
和观察它的举动：不安而粗壮的双爪
挥舞在玻璃间。
我们见识过它的舞蹈，彼处并非它的
应舞之地；但我们已模糊地遗忘，
并且同意。
或许在镜头翻转处
我们看到了走钢索者面前平静的光。因为他
我们犹豫。因为他我们松开了手中的纤细长竿。
我们感受到了时间，在他身上
摇摆。

但是谁在这又脏又小的茅屋中呜咽和歌唱呢？

Nada de ello entrevemos, nada
desentrañamos. Y alguien se acerca ya,
y entre los puestos húmedos
nos conduce.
Algo ahí nos remueve.
Algo nos obliga a voltear.

我们什么都没有看到，什么
都没有领悟。某人业已行进，
在潮湿的环境中
引领我们。
某物在彼处翻动我们。
它迫使我们改变。

DAME, TIERRA, TU NOCHE

En tus aguas profundas,

en su quietud

de jade, acógeme, tierra espectral.

Tierra de silencios

y brillos,

de sueños breves como constelaciones,

como vetas de sol

en un ojo de tigre. Dame tu oscuro rostro,

tu tiempo terso para cubrirme,

tu suave voz. Con trazos finos

hablaría.

Con arenas de cuarzo trazaría este rumor,

este venero entre cristales.

Dame tu noche;

el ígneo gesto de tu noche

para entrever.

Dame tu abismo y tu negro espejo.

Hondos parajes se abren

como fruto estelar, como universos

de amatista bajo la luz. Dame su ardor,

给我，土地，你的夜

在你幽深的水中，
在它玉般的
沉静中，迎接我，灵的大地。
寂静的大地
闪烁，
如同瞬间的梦境
如同太阳与星空穿过猎豹的眼睛。
给我你黑暗的面孔，
你覆盖我的清澈的时光，
你温柔的嗓音。完美的笔触
我曾说过。
流过水晶的泉水，
我曾用石英砂描绘过这喃喃低语。
给我你的夜；
让我能看见夜色中
你火红的面孔。
给我你的深渊和你黑暗的镜子。
那深渊如同阳光下
紫水晶的宇宙，如同星空的果实
向我打开。给我他们的热爱

dame su cielo efímero,
su verde oculto: algún sendero
se abrirá para mí, algún matiz
entre sus costas de agua.
Entre tus bosques de tiniebla,
tierra, dame el silencio y la ebriedad;
dame la oblea del tiempo; la brasa tenue
y azorada del tiempo; su exultante
raíz; su fuego, el eco
bajo el ahondado laberinto. Dame
tu soledad.
Y en ella,
bajo tu celo de obsidiana,
desde tus muros, y antes del nuevo día,
dame en una grieta el umbral
y su esplendor furtivo.

给我他们转瞬即逝的天空；

他们神秘的青春：一些道路

将我敞开；一些将我引向海岸边。

在你幽暗的森林里，

土地，给我沉默和陶醉；

给我时间之水；那被剥落的闪烁的

时间的灰烬，它跳动的

心；它的火焰，它更深的

迷宫中的回声。给我

你的孤独。

在其中

在你黑曜岩的热情的下面

在禁闭你的围墙中，在新的一天来到之前，

给我，在缝隙里，在边界处

它秘密的光辉。

卡柔 · 布拉乔年表

程弋洋编

1951 年	5 月 22 日出生在墨西哥城。 父亲名费利佩 · 布拉乔（1922—1961），是一位矿业和冶金工程师。 母亲名安娜 · 特雷莎 · 卡尔皮索（1930—2012），从事现代舞研究。
1956—1957 年	与父母和兄弟姐妹暂居墨西哥萨卡特卡斯城。
1961 年	父亲因飞机失事身亡。
1963 年	在英国，同母亲和五个兄弟姐妹在布里斯托尔附近生活了六个月后，独自在法国西北部的坎佩尔寄宿学习了八个月。布拉乔也是在坎佩尔开始了与法国诗歌的第一次接触。
1964 年	回到墨西哥城，进入西班牙流亡者聚集的学校“马德里学院”就读。
1969 年	母亲与著名汉学家、伊比利亚美洲大学的创始人费利佩 · 帕尔迪纳斯结婚。
1970 年	进入墨西哥国立自治大学心理系学习。 异父弟胡安 · 埃尔内斯托出生。

1972—1979 年 在墨西哥国立自治大学西班牙语语言文学系学习。在那里认识了未来的丈夫马塞洛·乌里贝（也是一位诗人，后从事出版业）。得以师从西班牙黄金世纪诗歌研究大家马尔基特·弗兰克、安东尼奥·阿拉托雷，还在文学创作的过程中得到了胡安·加西亚·彭塞、何塞·埃米里奥·帕切科、海梅·加西亚·特雷斯以及奥克塔维奥·帕斯等人的指点与支持。

1974—1977 年 在墨西哥城康普斯·以利沙高中教授写作课程。

1977 年 第一部诗集《暂栖之肤的鱼》（*Peces de piel fugaz*）问世。
与丈夫以及好友帕洛玛·维耶格斯创立了杂志《满桌》（*La mesa llena*），仅发行了两期。

1978—1982 年 参与由墨西哥学院的路易斯·费尔南多·拉腊博士主持的系列墨西哥西班牙语词典编写。《墨西哥西班牙语基础词典》（*Diccionario fundamental del español de México*）1982 年面世。大量阅读西班牙语、法语和英语诗歌（波德莱尔、魏尔伦、佩斯、艾略特等诗人的作品）。西班牙语诗歌中，对其影响最大的是古巴诗人何塞·莱萨马·

利马。

1981 年　凭第二部诗集《向死的存在》(*El ser que va a morir*) 荣膺“阿夸卡连特国家诗歌奖”。

1983—1990 年　在美国马里兰大学教授本科西班牙语、翻译和文学课程。
进入西班牙语语言文学博士阶段的学习与研究。
与诗人艾略特・温伯格、帕切科和萨乌尔・尤吉耶维奇结下了深厚友谊。

1992 年　出版诗集《燃烧的大地之核》(*Tierra de entraña ardiente*)。

1992—1995 年　担任墨西哥国立自治大学语文研究学院文学研究中心研究员。

1993 年　出版儿童文学《大海的花园》(*Jardín del mar*)。

1994 年　出版儿童文学《朋友们先》(*Los amigos primero*)。

1998 年　出版诗集《琥珀的意愿》(*La voluntad del ámbar*)。

1999—2000 年	在墨西哥艺术中心教授艺术史与博物馆学本科及研究生的写作课程。
2000—2001 年	获得古根海姆奖学金，在纽约进行诗歌学习与创作。
2003 年	与其他诗人共同教授墨西哥国立自治大学文哲系的讲席课程“在墨西哥当诗人”。 出版诗集《那空间，那花园》（*Ese espacio, ese jardín*）。
2004 年	凭《那空间，那花园》荣膺“哈维尔·比亚鲁迪阿奖”。 在西班牙和智利出版诗集《那空间，那花园》。
2005 年	在哥斯达黎加出版选集《这晦涩言语打开了它的雨林》（*Esta palabra oculta abre su selva*）。
2007 年	出版诗集《酒店房间》（*Cuarto de hotel*）。 出版儿童文学《蜈蚣去哪里了》（*A dónde fue el ciempiés*）（与丈夫马塞洛合著）。
2007—2008 年	成为墨西哥语文学基金会文学作品项目的第一批受益者。
2008 年	在西班牙出版诗集《酒店房间》。

2010年　出版诗集《如果皇帝笑了》(*Si ríe el emperador*)。

2011年　荣膺墨西哥经济文化基金出版社、加拿大锻造书写出版社和墨西哥作家协会共同颁发的“海梅·萨比内斯-加藤·拉普特安奖”。
荣膺“萨卡特卡斯国际诗歌奖”。

2013年　主持法国图卢兹大学写作与翻译工坊。

2014年　主持美国纽约大学西班牙语文学创作硕士课程的诗歌工坊（拉丁美洲新巴洛克诗歌）。